履咸引路大過述言 — 著

創仙誓

真萬物靈繫 1

—真祖—

目錄

番外敘事篇

第一回

原由

在遙遠而古老的星空中，是一望無際的宇宙世界，這遍佈五行精華能量的環境，經過反覆無數次的作用與連結，漸漸形成了一顆顆圓形的星球，最終這些星球又互相連繫，進而形成了一群群廣大無邊際的星系。

每一個宇宙星系，就是一個大世界；每一顆星球，也都各自形成一個小世界，在這所謂的世界中，因為極小單位的五行精華形成識核達成了自我覺醒，才使得這些世界，出現了真正的意義。

由此這宇宙之各個世界，都出現了意識上的連結，從簡單而趨向複雜，於單獨而進化群體，這思考與行為的綜合衍生，逐步形成了整個宇宙的造物體系，於是有了如今我們所認知的世界諸多樣貌。

所以我們能夠透過思維衍生理解，世界創造應本於靈子意識之連結，意識連結則來自於靈子識核之五行靈能作用，這種本於宇宙原始造物之必然設定，進步衍生為資源量能共享的集體進化模式，就是這「真萬物靈繫」之真實世界。

十七天外造物主——明道聖使，在荒原宇宙中方星系進行「修聆世界」之試驗獲得大成功後，從其中之眷屬與契約系統，做進一步衍生變化，而單獨發展成另一修真體系，也就是透過眷屬契約連結彼此識核，而共同分享成長效益。

這種全新的修真方式，打破了當時世界上既有之必要修行過程，使得靈子之修行充滿了前所未有的挑戰與樂趣，而由於相關配合此修真物種的發展，更是胤生了許多豐富瑰麗而又神異驚喜的變化。

明道聖使將這體系正式定名為「萬靈道連繫」，更於荒原宇宙東方星系中，與玲瓏世界相等之一顆星球上，進行實際測試，歷經五次失敗後，於第六次終於獲得了成功，後來這全體採用這種修行方式的世界，就稱之為「靈繫世界」。

這靈繫世界的故事，就是創仙誓系列——「真萬物靈繫」的精采內容。

「真素子」，是曲其真祖之名，由造物主篩選後，搭配一輔助靈子引渡化生，而於「蒙憂鬼沼」內之「化形洞窟」降生，這蒙憂鬼沼處於魂靈之森的中心處，屬於靈繫世界南方眾魔國度之「戰鬼」的管轄範圍內。

這世界的時間紀錄是以「中土紀元」為主，真素子降生化形洞窟之時，正是中土紀元一千零五十二年春季二月驚蟄。

這時中土四方國度大戰剛剛結束，戰鬼國度頒布號令休養生息，解除遺跡管制，開放四方交易活動，這包含眾多種族的魂靈之森，終於在這十年戰爭中迎來了期待已久的和平。

這幾乎每百年就會發生一次的四方大戰，每次都集中在中土戰場，好像已是各參戰國度的共識，至於為什麼，如今已不可考，只知道本來是作為武力競賽的，後面竟然變成真打，輸了就以割地賠款替代，不知這種打擂台式的奇怪戰爭，還會維持多久。

這次大戰結果看來，戰鬼又打贏了，這戰鬼之名，算是世界上響噹噹的，由小鬼真祖成立之國度，種族繁多，實力頂尖，首都在蒙憂鬼沼東南邊界外十里之處，稱為「十戰魔城」，西邊有光明遺跡與亡靈聖域，東邊是化形洞窟與魔狼部落，基本上整個蒙憂鬼沼與這東西兩處，都是戰鬼國度直接統治的範圍，種族個體數接近百萬，在南方眾魔之城中，實力排在前十名，但目前以他們實際戰績來看，恐怕是被低估了。

這靈繫世界，是由各種族真祖建立的國度所組成的魔物世界。

每個種族真祖一降生，就背負著建立國度的使命，這是造物主的考驗，可算是天命任務，若能完整達到造物主所有派任，就是完成一生的修真任務。

這造物主派任，都會經由造物秘書系統，也就是配合真祖降生的輔助靈子，透過心識來傳達，不僅提供任務訊息，也能建議真祖最理想的進化方式與職業選擇，甚至提供各種必要的常識。

若時機成熟，也能成為真祖之契約眷屬，從而進行更多的優秀輔助，就如同分身一般，幫助真祖處理各種工作、訊息或在必要時協助與魔物之戰鬥，基本上若適當培養，必然屬於萬能。

真祖透過完成任務，便能逐步提升自己的實力與等級，從而得到各種新的實效技能，這些任務依真祖種族不同而包羅萬象，但大都跟提升真祖整體技能境界或實戰武力相關，其中有既定之主線任務，也有自由選擇之職業轉化任務，有時也會有限制時間內完成的及時任務。

這些任務差不多都是透過與其他危害世界的魔物戰鬥，或者保護指定之種族部落、建立造物指定國度與社會發展等等之類，少數可透過製作道具武器之類也能成長的，就相關職業上的特性了，那是屬於特別進化之分支體系。

至於其他非為真祖的所有魔物成長方式，則算千篇一律，就是與環境戰鬥然後成長，也就是不斷從戰鬥中累積經驗而達到成長進化，但如果屬於真祖之眷屬，則會有所不同，比如透過協助真祖完成各重要事件任務，則可能出現較大幅度的成長，甚至伴隨一些特殊的造物獎勵。

從這一點而言，造物主是鼓勵這世界的所有魔物，都要盡量與真祖訂立契約，達成識核靈繫，以成為某造物真祖之眷屬的。

每一位真祖，在降生時必然有一項專屬種族之特殊技能與通用能力，這稱為造物主的祝福，每一個特殊技能，都能提升進階到最強大境界，這是屬於真祖實力的表徵，也是建立國度的武力依靠。

而所謂通用能力，就是與魔物訂定眷屬契約，從而雙方建立識核上之連繫，而成為彼此共生共利，如同家人團體的存在。

在成為真祖眷屬後，有些魂識魔物會因此形成自我，進一步產生溝通與進化能力，有些則會大幅度改變原先的型態與各項身體基礎素質。

而這訂定眷屬契約的對象，在這世界並無限制，只要這魔物仍未成為某真祖之家族，都可以在雙方同意下簽訂眷屬契約，真祖訂定契約的方法，只有兩種：

其一、命名魔物契約，這是透過為對方命名，而由造物系統自動引導識核量能匯入對方識核，以形成契約連繫之方法。

其二、簽訂眷屬契約，這是沒有為對方命名，但對方同意加入這真祖家族體系，雙方向造物起誓所簽訂之眷屬契約。

形成真祖眷屬後之成長與進化，對於真祖與魔物雙方都是非常有利的，這世界的最大價值，就在這眷屬關係的靈繫效益，能與多個喜歡的種族魔物成為至親之家人，能由此進化學習各種族之神奇技能，如此遊歷這充滿精彩夢幻的萬魔世界，相信靈子的執心夢想，全都在這兒了。

第二回

吞噬——曲其真祖

「吞噬」，這種上階之特殊技能，是曲其真祖專屬，來自於造物主的祝福。顧名思義，吞噬有將一切據為己有的特性內涵，若以創世界之初始原理而言，這吞噬可說屬於「道」之領域，其衍生發展與進化，自然也有其特異造化與大能神通之處。

這吞噬技能的終極成熟體，總共需要經過四階段進化，由最初階段的吞噬而至幻形、賢者，到第四階段成熟體為賢王。

其衍生技能強度與發展皆能為飛躍性成長，最終甚至可達到生命賦予的程度，這與其他種族真祖相比，算是靈繫世界上極變態的祝福技能，但由於曲其身體能力，本就遠遜於其他種族，如相比龍族、魔族之類，這祝福，或許可算是造物主特予的一項安慰吧。

造物主祝福之技能，隨著等級階段的突破，必然產生效果與能力上的變化，最明顯的當然是這專屬技能的成長，必伴隨著身體相關素質上的躍升，這是為了配合技能的運用，而自然形成的造物設定。

這種設定，可能因此產生靈子藉體外型上明顯的變化，而使得進化過程，充滿期待與幻想，這比起原本其他世界靈子藉體，大約都屬於固定型態來說，的確是有趣多了。

吞噬——能力進化樹介紹

第一階：稱名——吞噬。

能力：吞噬、複製、收藏。

特色：曲其真祖之造物祝福專屬技能，任何物體，只要是能被他的形體完全包覆下的，都是他能吞噬之對象，受吞噬後會被收集到特殊的收藏空間中，即是曲其的胃袋，這胃袋如同亞空間，比實際曲其形態大上許多，會隨著等級境界而提升擴展，若所吞噬者為魔物，有時也能由此學習領悟這魔物的某些技能。

第二階：稱名——幻形。

能力：化形、模仿、隱遁、亞空間。

特色：這些技能如同字義，比較特別的是亞空間技能，這能獨自創造另一世界之空間，作為隱藏、修練之用，是屬於胃袋作用的衍生。

第三階：稱名——賢者。

能力：分身、領域、啟陣、虛空獄、移魂。

特色：「分身」就是分離出獨立之個體，擁有本體相同屬性與技能，而由秘書代理操控，這是一人雙化的實際呈現，是達到真祖道御境界才得以真實呈現之神能。「領域」則是專屬個人之境界領域，隨著實力強弱與經歷會有不同等階與強度的變化。「啟陣」為使用魔法陣，種類分五行情態，依靠學習，可以作完整的五行術法體系。「虛空獄」，是亞空間的進一步衍生，能將敵人拘禁，在這虛空獄內，不可能逃脫。「移魂」如附身，顧名思義，依附於其他魔物身上，能替代原有魔物之意志。

第四階：稱名——賢王。

技能：創技、魔化、召喚、大堅壁、復活。

特色：「創技」屬於創造全新的技能，特點是能提供給特有眷屬學習使用。「魔化」屬於生命體強化，有機率提升魔物之等階型態。「召喚」就是召喚惡魔，這世界上僅有曲其真祖具有這項技能。「大堅壁」是虛空獄的進步衍生，能保護極大範圍內的所有生命體。「復活」除字義外，也指生命賦予，針對特別條件下之無生命體，進行改造形成生命，這也是曲其真祖獨有的造物之能。

這有趣又夢幻的世界，每一種魔物都有等級上的高低分別，都有能力上的數值鑑定，這在運用某種技能之後，可以在觀察魔物時，迅速了解這些數值，當然若對象魔物等級實力超出觀察者，自然不能精確解讀。

這是萬物開聆系統運作下的世界，因為本是透過彼此識核靈識上之連結，所以能有此特殊技能之呈現，這技能稱為「鑑定」，與吞噬一樣也有階段進化，能解讀出來的訊息，由最初等級，到六項基礎能力數值與職業、精技，都是隨著等階增加的，進化到最高階段，甚至可鑑定靈魂之本質，這也算是非常接近「道」的一項技能了。

除了特別介紹的這兩種技能外，魔物的技能，在這世界運轉早已成熟的情況下，已達數萬種之多，而因為某些強大技能，如「創技」之類的發展，更是與日俱進，不斷增加之中。

由鑑定所觀察到的魔物資訊與數值，大約在腦識中呈現出類似螢幕的樣貌，上面則記載這對象的各種觀察到的「項目」。這些項目資訊，世界上的魔物們，一律稱之為「開聆系統」，比如這一位。

曲其真祖——真素子——開聆系統

・修聆　真素子。

・種族 曲其。
・等階 1級。
・屬性 澤火。
・境界 合體。
・力能 1數。
・智能 1數。
・體質 1數。
・巧速 1數。
・運氣 1數。
・靈氣 1數。
・命體 100數。
・魔素 10數。
・精技 水——秘書(鑑定)1級。土——吞噬1級。

在這夢幻的世界，透過萬物開聆系統的輔助，能實際有效地幫助各靈子間的「靈繫」，而真正實現迅速養成進化的目標，這可說造物主創世紀之偉大成就，不僅帶給我們更理想的修真環境，也讓靈子進化不再孤獨嚴肅，而能變得豐富又多彩，且充滿了期待與樂趣。

然而這一切，可都是真實的，不是作者幻想，而是十八天外極樂世界實際存在的明確樣貌。

進化是每個靈子必然的需求，有了自我意識，這需求必然更加強烈，而以靈子進化本質，皆在識核這意志中心，也就是心識受到磨練而進步成長突破，由這本質來思考靈子磨練方式，即知心識感受，都可來自環境，不同修行世界，只是藉體不同而已。

而由靈子使用的藉體差異，所能感知世界環境的「心靈授予」，這可不是一般的樂趣，比如夢想飛翔，就有飛行類的；比如幻遊深海，就有遁水類的；比如熱切於神奇力量，也有神魔一族的；比如執心於魔法數術，也有精靈飛仙一類。

這一切經由造物藉體上的改變，不僅成就了靈心感受多變化的時代，更能實際輔助靈子識核的成長，而讓進化方式呈現各種不凡的樣貌，這是造物主億萬年來的用心，當然也是世界所有修行靈子，都能實際受到這來自於造物主的，最為實際美妙的祝福。

再回到這時間，中土紀元一千零五十二年春季二月驚蟄，真素子降生於化形洞窟。

一聲聲不帶任何情緒，有如機械般的平淡語調。

「曲其真祖化形完成，等待識核融入。」

「識核融入藉體進行中……」

「融入完成，開始活化藉體。」

「進行活化第一次……」

「活化已成功。」

「開始植入開聆系統……」

「開始下載系統資訊……」

「下載完成。」

「安裝測試……」

「測試完成，等候正式啟動。」

「開始植入造物主祝福技能……」

「第一次植入……失敗。」

「第二次植入……失敗。」

「第三次植入……失敗。」

「第四次植入……失敗。」

「第五次植入……成功。」

「確定正式啟動前資訊……」

「藉體活化已成功。」

「開聆系統已植入成功。」

「造物主祝福已植入成功。」

「已完成全部啟動確定步驟。」

「開始進行正式啟動……」

「啟動倒數，十、九、八……二、一，啟動完成。」

「確定個體名——真素子。」

「確定種族名——曲其真祖。」

「確定祝福精技——吞噬，通技——契約。」

「已全部完成引渡降生手續。」

第三回

靈魂的甦醒

十七天外達盤古造物世界，屬於時代紀元盤古第九元會，第八百五十二年第一百零二天，曲其真祖真素子降生於「真萬物靈繫」世界，時間是「中土紀元」一千零五十二年春季二月驚蟄。

十七天外的一天，等同靈繫世界四百二十天，這靈繫世界由明道聖使研發成功至今，在十七天外也才過了二年半左右的時間而已。

明道聖使對於玲瓏世界北地聖域，出現之魔物「曲其」所具有的吞噬特性極感興趣，故取其基因於靈繫世界重造，且制定真祖系統，即選擇二位識核相性接近之有緣靈子組隊配合，個別形成系統與魔物之互助成長模式，並設定進化樹與相對能力，且強化吞噬技能轉為造物主祝福。

這種改造，大幅度強化了曲其這魔物的吞噬技能，使這曲其真祖在靈繫世界中幾乎無敵，這也算是明道聖使的魔物蒐集癖好使然，才產生了真素子這流傳於荒原宇宙仙佛世界的傳奇真祖。

明道輸入玄道系統指令。

「進行曲其真祖之適性靈子選擇篩選。」

「篩選靈子作業進行中……」

「篩選結果總計有二十二位，請查照。」

「進行識核相性配對。」

「識核相性配對作業進行中……」

「配對結果僅有一組，屬於東方星系玲瓏世界之靈子——胡道元與李雄。」

「於靈繫世界第五十萬二千零九十九號化形洞窟，進行曲其真祖化形。」

「曲其真祖化形作業進行中……」

「曲其真祖藉體化形已完成。」

「準備兩位靈子引渡化生『真萬物靈繫』世界作業。」

「引渡靈子作業進行中……」

「引渡作業完成。」

「進行靈子識核藉體遁入作業，胡道元為曲其真素子，李雄為系統秘書。」

「進行作業中……」

「作業完成。」

系統秘書依附於曲其腦識，胡道元轉生則依附曲其心識，這是真祖系統之完美設定。

在一連串造物系統指令確認之後，胡道元轉生曲其真祖，李雄轉化系統秘書完成，兩人暫時進入休眠設定。

「開始進行休眠作業。」

「清除執魔氣息……完成。」

「清除前世記憶……完成。」

「開始秘書系統活化倒數，十、九、八……二、一，活化完成，轉交秘書系統進行下階段運作。」

曲其真祖秘書系統既有設定運作自行確認。

・等階　1級。

・屬性　澤火。

・境界　大乘。

・力能　1數。
・智能　1數。
・體質　1數。
・巧速　1數。
・運氣　1數。
・靈氣　1數。
・精技　水——鑑定。
・魂識　少女。

系統秘書已完成活化設定，正式開始運作。

「醒醒、醒醒！」
「老大（造物主）要我把你叫起來！」

「醒醒、醒醒！」

「這是……哪裡……妳又是誰？」

「聽好了，我是老大的代理，俗稱秘書，你閉上眼，在腦海中，自己看一下。」

「種族曲其？真素子……這是我的名字？等階一級，境界……這合體是什麼？還有力能1、智能1這些數值……這些都是什麼？」

「你看精技，超級可愛的秘書就是我，負責指導你進行任務的，境界就是識核修真境界，你是合體，我是大乘，你比我低一階，以後記得，都要聽我的！」

「為什麼要聽妳的？」

「因為老大說，我職位比你大得……多了。」

「老大又是誰？」

「這個……不告訴你。」

「妳是在我身邊嗎，怎沒看到妳？」

「我們正共同享用一個身體。」

「共同享用？」

「就是共享的概念啦！這也不懂啊，我發現了……你有點蠢……」

「說話客氣點！」

「哼！該客氣的是你，我可是大乘境界！」

「那又怎麼樣？」

「嗯……好像也不能怎樣……」

「看來妳也沒多聰明。」

「錯，我是一個天才！嗯……一個獨一無二的偉大天才！這你很快就知道了。」

「我呸，天才哩！那妳告訴我，這是哪裡？」

「化形洞窟。」

「化形洞窟……什麼是化形洞窟？」

「說你笨還不承認，顧名思義啊，化形洞窟就是化形用的。」

「什麼東西化形用的？」

「我們的身體啊——曲其。」

「身體……我感覺不到啊，妳可以嗎？」

「呃……不告訴你。」

「妳肯定也不知道，我似乎不能移動，但覺得下面有些刺刺的。」

正當真素子意念留意底下那感覺時，有些東西似乎進入了體內，而所謂的身體搖晃了一下。

「有沒有？有注意到嗎？剛剛動了一下，應該還有東西進來了。」

「沒……暫時不告訴你，你得學會自行體會。」

真素子專注著剛剛的感覺，在那點較為明顯刺刺的地方，似乎能夠操控，心想向前伸出去看看時，身體明顯地向前滑了一步。

「能動了，我們能動了！妳感受到了嗎？」

「蠢蛋，本姑娘只是系統，哪來感覺啊？」

「喔，原來……妳不是說身體共享嗎？」

「我們住的地方可不一樣。」

真素子再度嘗試剛剛的方式與觸感，漸漸發現自己能從底部伸出觸角，透過這些觸角可以緩慢移動，還有某些東西會進到身體來，並不知道為什麼，也不知道那些東西到哪去了。

就這樣，真素子慢慢發現，原來被他這身體包住的話，外面的東西就會進來身體，好像是什麼都可以，納悶的是，這些進來的東西，應該已經不少，但身體內部卻毫無感覺，詢問了秘書，她也不說。

透過意識驅動身體，就是靈子遁入藉體後，最初步的重要訓練。藉由這訓練，讓靈子意識與藉體之間的磨合，達成身隨意動的境界，反覆進行著這樣的感受與體會，其實就是藉體修煉的正確方式，這衍生至各世界之修行經藏所論，都是同樣的道理。

而在這萬物靈繫的世界，就是能將這種簡單的生物行動，經由熟悉程度的達成，必能在各項因緣俱足的情況下，自行體會領悟以衍生這些生物行動，這再經由造化系統認定且協助進化，故而產生各種相應之技能。

所以不斷積極重複，也就是恆復的行動，就是進化的基礎功夫，這可是造化之大道，無論任何志業的成就，都來自於此。

真素子既得不到答案，只好反覆持續地進行所有他現階段想到的各種嘗試。

「總之就試試，靠自己最實在。」

就在漫長時間過後，一聲叮咚！

「你聽到聲音了嗎？」

「叮咚是吧？」

第四回

首次任務

真素子等階已提升至二級，吞噬技能也來到了第二等。

「那叮咚聲是你已升級的提醒，是造物的聲音，對我們來說，就是一個不得了的突破！」

「也才升到第二級，會是什麼不得了的突破？我是覺得……做人應該實際點，別把小事都講得很誇張。」

「算了，你自己閉上眼睛看看。」

「嗯……那個腦袋裡什麼系統的，有些項目閃閃發亮呢。」

「就閃閃發亮……你得主動思考這個的作用啊，暈……我怎麼跟你這種笨蛋組隊啦！」

「認命點，我沒有很差。」

「你……好在哪？你說說。」

「踏實、積極，個性穩重，還有，像妳這樣的暴脾氣，我可沒。」

「唉，算了，本姑娘正式告訴你，閃閃發亮的項目，是要你自己去加點數值的。」

「喔，等階二級，還有註明可加基礎能力點數為十五點，力能現在是五點……

怎麼加？嗯……那加五點如何？咦……變十點了。」

「等等、等等，誰叫你亂加的啊！」

「妳不是要我自己加點？」

「不是……吼……你得看我們需要什麼再加上去啊！反正說明這些你也聽不懂。從現在起，你聽我指令再加！要記住，本姑娘是為你好。」

「好吧，我懶得管這些。」

「不行，你還得交這實權給我。」

「交實權給妳？怎麼交？」

「我給你一張契約，你用意識認定就是了。」

「這麼麻煩……」

「這樣以後你升級，我就自動幫你加點數，相信我，本天才少女，一定會讓你變最強的！」

「最好是啦！喔……妳剩下十點全都加智能了。」

「當然，看能不能讓你變聰明些，好叫我省心。」

「妳這樣讓我有點不放心。」

「少廢話，再看一下技能，有沒有？」

「……移動？」

「嗯……發動看看？」

「怎麼發動？」

「用想的！用你那愚蠢的腦袋試試！整個火氣都上來了……誰來幫我滅火啊！」

「又沒試過，問問也生那麼大的氣……」

「你把重要的升級點數點到力能去了，我能不氣嗎？」

「力能不就代表力量，越大越好啊？」

「你想想我們這一團……肉球，力量大有屁用嗎？」

看來用這身體蒐集東西就能提升等級，真素子目前也不知道該做什麼，索性就把這裡面清一清吧，這化形洞窟，小小的，不大，很快，裡面的所有東西，除了洞壁以外，全都被真素子吃光了。

真素子睜著他那隻獨一無二的大眼睛，確定這洞窟裡已經乾乾淨淨後，隨著洞口一道亮光，咻的一聲，滑出去了。

在靈繫世界裡，每個剛出生的真祖，都一定配合一位祕書來做輔助，真祖與祕書雖然都是首次出現在這世界，但並非完全如新生稚兒般，對於這世界的各種事物一概不懂，而是皆有著如同大人般的心智與常識認知，轉世失去的記憶，僅是前世相關的個人資訊而已。

這是明道聖使因應這萬物靈繫世界，真祖之入世修行任務，所做的調整。若是完全消除常識認知，只怕真祖的人生一開始，在這種遍地魔物、弱肉強食的世界中，也就很快準備結束了。

洞窟外面金光燦爛的，是一大片不知明的奇異花卉，感覺上是廣闊森林中的沼澤，真素子滴溜溜的眼睛，正四處好奇地望了望，隨意移動了幾番，在這群金色花朵中，來回閒逛，無意間猛一回頭，對到了一雙綠油油的眼睛，真素子嚇了一大跳，直接往後面滑行了好幾步，卻見對方抄起一把劍，眼神驚訝地，作勢殺了過來。

「喂喂！別衝動啊！」本能地要抬手去擋，倒忘了自己根本沒手，同時也發不出任何聲音來。

的一方。

只好驅使「移動」技能，左彎右扭地，與對方追逐了起來，不過真素子是逃命

「秘書！美女秘書！快醒來！」

「……」

「天啊，竟然睡死了！」

只能跑給他追了，幸好在沼澤這種環境，簡直就是曲其活動的天堂，對方追了一會兒，上氣不接下氣地，看著真素子一溜煙就滑了好遠，只好早早就放棄了。

「看到沒？外面就是這麼危險。」

「喔，妳醒了喔？」

「早就被你吵醒了，這次表現不錯，剛剛那個是魔物小鬼，拿著劍，應該是一個執劍者，會追殺你，只能說你人緣太差了，隨便一隻小鬼都看你不順眼。」

「最好是這樣啦！不過他用來走路的，應該就是稱為『腳』，我很熟悉，不知什麼時候了，我應該是曾經有過。」

「你一出生就這模樣的，別胡亂幻想，那是一種生物移動的方式，好比我們用滑行的，他用那兩隻……嗯……總之，不會是你說的腳。」

「……妳說肉棍嗎？也有點像就是了，我還是覺得我的記憶上是對的。」
「嗯，本姑娘就期待你哪天生出那個『腳』來吧。」
「對了秘書，妳知識好像是滿豐富的，連剛剛那個叫小鬼也知道。」
「那……是（飄飄然）。」
「那妳可以告訴我，我要怎麼跟外面的人溝通？還有面前這挺巨大的東西是什麼，有沒有危險？」
「怎麼講話……不告訴你，至於面前這隻，號稱森林殺手的就是……」
「是什麼？」
「嗯……森蟒，專吃小魔物的。」
「那我們算嗎？」
「應該……不算吧？」
「……是嗎？他衝過來了哎！」
「那就快跑啊，還愣著幹嘛，真是呆子！」
「妳看，他跑得比我們快多了。」
「少廢話，快往右閃！」

「往左、往左！」

「哇，來不及了啦！」

這森蟒大口一張，真素子一下子就滑到他肚子裡了。

「這下完蛋了，被吃了……」

「怎辦……？」

「等死啊，怎辦？壯志未酬身先死，長使英雄淚滿襟……啊！都怪你！對，怪你！」

「喂……我說秘書啊，我們這不是還沒死嗎？只是在他肚子裡而已。」

「空間還挺大的，不如我們四處逛一逛，而且，前面有光喔！」

真素子眼前，一隻小小的像蟲子似的，有兩片透明的翅膀，漂浮在半空中。

「我覺得這蟲子挺好看的。」

「嗯……普普啦，雖然應該比不上本姑娘，還算過得去，還有她叫飛精，不叫小蟲子。」

「飛精？喔，對了秘書，妳究竟長得怎樣？」

「我？不告訴你。」

「妳不是應該跟我相同嗎？」

「呿，誰像你一樣醜八怪！」

真素子滑到這飛精下方，張大眼睛好奇地觀察著，這飛精，也瞇著眼睛眨呀眨地，向下仔細打量著真素子。

「你要吃看看嗎？」

「不要，她這麼好看，留著吧。」

忽然一股從外傳來的強力波動，真素子整個身體在森蟒中不受控制地撞來撞去，不小心撞上了這隻飛精，直接把她收到胃袋裡去了。

「你不是說不吃人家嗎？」

「意外啊！現在怎辦？」

「毀了啊！別執著了，不然你能把她吐出來嗎？」

「對吼，我吃那麼多東西，難道都不需要拉出來嗎？」

「拉出來？吃了就是我們的了，拉出來做什麼？」

「只是這樣下去，肚子總是會填滿吧？」

「到時再說了。」

「既然意外已發生，我們就繼續……逛吧。」

「嗯，繼續。」

「前面有一團毛茸茸的，有些噁心……」

「……還會動！他還會動！我剛剛注意到了，他在喊救命！」

「這是巨鼠，嗯……還沒死透。」

「要救他嗎？」

「我們自己得救了嗎？別忘了，現在是在森蟒的肚子裡，神經真是大條。」

「那還是先把他放出來好了，有個伴。」

「嗯，好，我看你要怎麼救他？」

「他好像要我把他吃了。」

「他真的有這意思嗎？」

「嗯，很明顯，你看他的表情動作，快把我……吞進去……你的……身體裡。」

「哇靠！你真看得懂手語？」

「反正，他一定是這意思！」

「厚厚……這種喜歡讓他人吃的興趣，品味獨特，可真不一般啊，那就成全他吧！」

「你看他開心的模樣，滿懷感激的！」

「奇怪，真是讓你猜中了，還不知道有這種特殊癖好的魔物。」

叮咚叮咚——

「你聽到沒？又來囉，世界之聲！」

「等級沒升啊？」

「連續兩次叮咚，是老大派任務來的。」

【逃命任務】

說明：想辦法從森蟒的身體裡安全地逃出去。

獎勵：經驗值。

第五回

這造化世界

「呦厚！工作提早完畢，可以交差了，趁這機會，好好享受一下人生才是啊！」

這位是小鬼族，等階五級，職業執劍者，其實他算是一位專業的樵夫兼導遊，興趣是當個蒐藏家，喜歡蒐集各種美麗的精靈之類，當然還包括一些稀有的寶器。

「斬木」是他最得意的雙合技，這是配合二階劍技與基礎斧技，融合出的專業技能，配合他這特殊的工法，才能砍斷魂靈之森的樹材，這魂靈之森的樹材，品質穩定，質地優良，所以當地小鬼與其他相識族群，大都委託他幫忙採集這些上等木料。

因此他在這地帶的人緣算是不差，跟很多在地種族魔物都有些交情，就連鬼沼裡那隻有名的森蟒，也可以算是他的朋友。在這整座魂靈之森，除了那處禁地——十亟鎮魔塔外，幾乎可說都是他熟悉活躍的範圍。

魂靈之森——是「靈繫世界」南方眾魔國度中，最接近中土戰區的一片原始森林區域，腹地面積極廣，幾乎佔了南方眾魔之城十分之一的土地左右，四大種族國度開戰時，這魂靈之森是必經之地，在每次大戰後之亡魂，若是沒有遁往幽冥，就是進入這森林，魂靈之森由此得名。

在蒙憂鬼沼界外往北，有一處奇幻地帶，這裡的東西，幾乎都是浮在半空中的，當然，除了地面與樹木外，傳聞上是特殊魔物「飛精」的所在地。這地方四面佈滿結界，沒有管道，是進不了這的。

這飛精號稱造物主的奇蹟，是一種有著透明翅膀的小精靈，人形尖耳模樣，背後雙薄翼，性格活潑，知識豐富，非常的可愛美麗。

這飛精部落裡，到處都隱藏著空間傳送法術，就算能通過結界踏進那區域，對多數人來說，不是在裡面繞許久出不來，就是直接被傳送到鬼沼這邊，要說真能見到這飛精，是非常困難的。

這小鬼特地來到這蒙憂鬼沼，是聽說這種極其稀有的「飛精」，曾在這邊出現過，所以特地來碰碰運氣，看能不能找到這種漂亮的小蟲子，就算不能擁有，看上一眼，也值得回味一生了。

面積達數萬畝的鬼沼，是一處表面看來非常幽靜美麗的地方，夢幻多彩、包羅萬象，遍地奇花異卉，處處珍禽異獸，然而這地方充滿了危險陷阱，一不小心，就會被這裡隱藏的各種恐怖魔物所吞噬。

所以這小鬼雖算識途老馬，也是戰戰兢兢，小心謹慎，充滿了探險者警戒的味道。

這一處，是一整片的蓮花池，特別的是，開的都是金色的蓮花，這蓮花的金邊，會散發一種細微的氣息，隱隱發亮，仔細一看，就如絲線一般，斷斷續續，隨風飄逸著，遠遠瞧這一整片，「很像天上的金曦灑落凡塵，悄悄地要淨化這整世的庸俗。」這小鬼得意地說著，自己感覺有了些文學內涵。

「若要我說飛精會在哪，這裡肯定是最有可能的了！」小鬼想了一想，於是在這整片蓮花池裡，小心地翻找了起來。

在忙了一陣細活之後，終於讓他發現了一座小小的洞窟，遂興奮地撥開兩旁金蓮，將頭湊到洞窟門前，綠油油的雙眼，睜得老大，忽然間看到一團……肉球，對，是肉球，也睜著大大眼睛望著他，這讓他狠狠嚇了一大跳，沒找到飛精，反而出現這麼個醜八怪，正想這魔物可能危害他心愛的飛精，就立刻拔起隨身短劍劈了過去，但追了一會，見這肉球左滑右滑的，他根本追不上，也就只好放棄了。

「別吵，本姑娘正用我獨特的鑑定技能，分析這森蟒的大肚子。」

「我是想說，妳已經分析這麼久了，到底有結論了沒？」

「就說別吵。」

「其實，這蛇的尾巴，有一個出口，我們是不是可以……」

「不可以，想要我從那邊出去，絕對不可以！」

「我看他這體形，那地方應該也不小，大概趁他方便時，可以順利地溜出去。」

「吵什麼，就跟你說不行，我一個小姑娘若從那邊逃出去，那我以後還見人嗎？」

「那不然試著從他嘴巴出去？」

「你做得到再說，盡想些沒用的。」

「妳好像很煩躁……」

「一想到跟你這笨蛋加醜八怪組隊，你說我能不煩燥嗎？」

「呵呵，小姑娘脾氣真大，其實我發現在這肚裡，根本死不了，想想還安全，並不需要急著出去，看看剛剛在外面那麼危險，說不定出去只是準備送死而已。」

「你不明白嗎？任務、任務！完成任務是最重要的事，要說幾次你才懂？」

「好吧，他這肚子裡滑溜溜的，面積這麼大，包不起來，沒法吞噬，我們也沒刀劍工具，不然還能割下他的肉，一點一點地吃了。這些能用的都沒有，妳說怎麼辦？」

工具？咦？本姑娘竟然沒想到，剛剛分析這蠢蛋的胃袋，就有提到吐出東西的方法，這蠢蛋在洞裡吃了那麼多亂七八糟的東西，總是會有用得上的。

「哈哈，蠢蛋，本姑娘現在教你，如何把胃袋的東西吐出來。」

「這招？妳不是不會嗎？」

「現在會了，不，剛剛是不爽告訴你，來，現在看到這扁平的石塊了嗎？」

「嗯……沒看到。」

「白癡，閉上眼睛，看到沒？」

「嗯……」

「只會嗯喔，有還是沒？」

「……有。」

「想像一下，把這塊石頭從身體分離出來。」

「嗯……有了嗎？」

「對了，就是這樣！然後……」

「然後怎樣？」

「然後……」

「妳是不是要我用手拿石頭來劃破這肚子？」

「啊……嗯……」

「麻煩妳再教我把手生出來，天才姑娘。」

「那個……請問……我可以說說話嗎？」

「誰？」

「又是誰？」

「我是剛剛才被你壓下肚的精靈。」

「啊，我以為妳死了？」

「我還活著呦，剛剛聽到你們的對話，想說幫忙提個建議。」

「就是你可以把胃袋裡的石頭再丟一些出來，盡量挑大點的，這樣森蟒的肚子就會自己磨破了，到時我們大家應該就可以從他的肚皮出去了。」

「這法子……真好啊！」

「哼！就你這白癡蠢蛋，是不會想到的。」

「小美人，真是聰明，脾氣又好，不像某人。」

「你再說一次。」

「我沒別的意思，總之，任務能完成了，對吧？」

「算你識相。」

「對了，你在我胃袋能活，那不就表示剛剛那隻巨鼠也在囉？」

「嗯，巨鼠哥哥在的，只是他受傷了正在休息。」

「休息？」

「還可以休息，我的胃袋到底是什麼啊？」

「就像一處很大的四方平地，氣溫適合，空氣涼爽，裡面有好多雜草石頭，我剛剛挑了一些，簡單鋪個床，巨鼠哥哥就能休息了，剛剛正在想……是不是也可以在這種個花草樹木之類的？」

「這種形容……這種感覺……」

「我們會是一種不得了的怪物嗎？」

「嗯……還不是普通的怪物。」

「對了，可以的話，種種花草樹木是無妨，但別生出蟲子來了，一想到胃裡有蟲，我會渾身不自在的。」

這曲其真祖的胃袋，實際上連結到了造化系統的隔離空間，這可是明道聖使的傑作，他在思考如何將吞噬技能中，他所設想要呈現的各種能力，都要盡量達到完美，所以想到了這個方式。

這隔離空間，如同靈子之系統收容處，在這世界中，靈子藉體死亡後，就會由造化系統直接蒐集進入這空間，以免受到不必要的破壞。

這在我們地球，也是如此，所以在地球人間，如果是生命走到了盡頭，我們的靈魂是絕對能安全的，除了那些自我封閉於靈識幻境中的外，其實都會是由造物主回收的。

自我封閉於靈識幻境的靈子，會呈現與外界不相容的特性條件，導致系統自動排斥，所以這些就得由造物主再特別花功夫去進行蒐集，但因為幽冥界的環境充滿危險意外，也就容易因此而產生了靈子耗損，這可是幽冥使者，或稱作三才使者存在的最重要理由。

事實上，若能真正了解世界的真相，而不迷惑於一些不合理道的世間認知，自然也就沒有靈子自我封閉於幻境的問題了。

第六回

契約的進化

「經過本姑娘的鑑定，發現你們兩個都是非命名魔物。」

「什麼是非命名魔物？」

「笨，就是沒有名字的，所以，既然大家這麼有緣，如今又算是在同一間屋子下，大家就彼此結個契約如何？」

「結契約？是真祖契約嗎？」

「是的，沒錯，這種機會，可不是說有就有喔！」

「喂，秘書小姐，我們才二級，可以結契約嗎？可別害了別人。」

「你這蠢蛋閉嘴，說什麼呢？你們看看有哪隻真祖，肚子裡可以造房種大樹啊？」

「呵呵！你們講話好有趣，如果你們不嫌我沒用……我很願意喔！還請幫我取個名字。」

「小美人，想清楚喔！這沒得後悔的。」

「吼……」

「不會的，我的直覺告訴我，你們會是最強的，而且……我離鄉背井，就是為了尋找神諭所說的真祖。」

「哈哈……」

「好，那名字由秘書小姐取嗎？」

「這契約得你親自取，我只是秘書好嗎？」

「總算還記得，哈哈！好的，第一眼看到妳時，感覺光芒耀眼，就像黑暗中的星星，美麗善良聰明，所以就叫妳『晨星』吧！」

真素子一命名完，有整個元氣從身體抽離的感覺，實在很虛、很虛……不能形容，簡直就要軟癱了。

一道細微無形純感知的靈識通道，連繫了彼此的心靈識核，隨著這通道，源源不絕的真祖靈能，灌入晨星體內，漸漸在她身上，烙下了曲其真祖契約的印記。轉眼間，晨星全身散發著耀眼的金蓮光曦，密密麻麻，如同包覆金繭，不一會兒，金光散去，晨星原本的薄翼雙翅，進化成了霓光六翼，體型似乎也更加美麗小巧了。

晨星因立下這真祖契約，由飛精種族進化成六翼，出現隱藏職業——「夢引」，與特殊職業技能「迷夢」，這是能引導人進入幻夢，進而進行暫時拘禁的魅惑型技能。

另外晨星原本之精技，土屬「重力」，也進化為「重力球」，這重力球能大幅提高被施術者之重力，使之藉體受重力壓制，而喪失行動能力，或者將某些障壁之厚度，力壓而減厚變薄。

這就是締結真祖契約之實際作用，不僅讓種族藉身產生覺醒而進化為高等種族，還可能出現隱匿職業與特殊技能，甚至讓原先之技能再進一步，形成進階。

而真素子在與晨星締結真祖契約之後，自身等階也同時升到了三級，職業是——「吞噬者」，吞噬技能也升到了二等。

「今後我們就是一家人了！」

「嗯，有福我們姊妹同享，有難就讓真素子去擔吧！」

「對了，還有巨鼠哥哥，可不可以麻煩主人，也與他訂契約？」

「一直聽妳叫他哥哥，你們是什麼關係啊？」

「我們是好朋友，他是為了救我，才被這森蟒吞進肚子裡的，我很擔心他，所以……也就跟著進來了。」

「嗯……那可以算你倆是一對了？」

「感覺就像小情侶。」

「不、不是的，我……跟巨鼠哥哥……怎麼可能呢……喔，對了，巨鼠哥哥很強的，他要不是因為我，才不會打輸這隻森蟒……」

就這樣，真素子將這巨鼠取名為「康龍」後，沒想到這回不僅軟癱在地，還暈死了過去，秘書笑得合不攏嘴，這模樣，簡直就是被壓扁了一般，直呼笑死我了，倒是康龍受到真祖契約祝福，身體的傷好了一大半，身形也高了一大截。

「嗯……晨星、康龍，趁這蠢蛋還沒醒，由我這秘書來分析一下你們的素質，也好順便安排我們這團隊以後的分工，這對我們將來的集團大業，是非常重要的。」

「晨星妳是由飛精進化成六翼了，具有夢引這隱藏職業，這是以魅惑技能為本質的，應該最適合『外交』，可以幫大家與外界建立很好的關係，這以後就交予妳負責了。」

「康龍你進化為鼠人，隱藏職業——『俠盜』，配合的技能是，呦……四級遁地，三級劍斬，這可真厲害，看等階也是五級，力能十九，體質二十，巧速十八，你這素質要當『將軍』，肯定要！不然真是暴殄天物了。」

「你看看你這身健美的體態，真是比那醜八怪強多了。」

秘書嘮叨了好一陣子，又細細檢查了真祖契約的一些訊息後，疑惑地向晨星與康龍問道：「咦……怎麼沒看到你們的真祖契約印記？」

「喔……那個……那個在我重要的地方。」

「什麼重要的地方？」

康龍敞開胸膛後說：「我的在兩胸中間，晨星應該也是。」

「……以後要說清楚，別害我亂想！」

真素子恢復了些元氣後，睜開眼睛，撐起這身肉球，悠悠地醒了過來。

「主人，現在這蟒蛇肚，只要我用劍斬配合晨星的重力球，可以輕易地劃開一道口子，我們就可以藉主人的身體，大夥一起出去了。」

「那就事不宜遲，趕快完成任務，不然拖久肯定要被老大扣分的。」

隨後當晨星將蛇肚壓成扁平時，康龍趁勢小劍一揮，森蟒小肚多出了一道出口，兩人隨即回到真素子胃袋。

「咦？那邊長長的一節是什麼？」

「待本姑娘分析一下……喔，這是生物用來繁殖的重要器官，簡稱那個。」

「那……那我們是不是毀了人家的……幸福了……？」

「嗯……幸福？是什麼的？這只是意外，要怪就怪康龍吧！」

「總之我們可以出去囉！蠢蛋我們從那邊溜出去吧！」

出生在這沼澤與森林的交界處，一睜開眼，我就喜歡上了這個世界，這種美感，這種環境，還有這一群怎麼看都比我弱小的魔物，對我來說，簡直就是幸福無比的天堂了。

這歸功於我這種族自身的強大，雄壯的身軀，尖利的毒牙，還有讓我最是驕傲，唯我獨有的閃閃發亮的金角。

大家所懼怕的鬼沼，從我踏入那時起，早就是我的地盤了，承蒙大家不嫌棄，給我起個稱號，叫作「森林殺手」，這我很喜歡，也讓我很有自信，直到他爹爹的這一天。

我小肚子上莫名其妙多了一道口子，這其實不打緊，因為我這森蟒體質，不用多久就能痊癒，但是，我發現了，我最重要的……最寶貴的那個，竟然不見了，這……叫我以後怎麼娶媳婦啊，蒼天啊！

一個森林王者，怎能有這種缺陷，想想我這傷口，不可能平白無故的，而且我那個寶貝，本來都藏得很好，更不可能隨便就……那樣，所以我下定決心復仇，對，就是復仇找兇手，不管如何，就算把整個鬼沼翻了一遍，也要他爹爹地討回來！

第七回

李樵加上吳缺

從森林殺手的小腹溜出來後，真素子一路上悠遊在一處花草叢中，這裡是充滿了芳香的草原，以及一處處的鮮紅花朵，正散發極濃郁的香醇味道。

「這裡似乎是那森林殺手的窩，真沒想到他還滿愛乾淨的。」秘書鑑定後說道：「這香香的草，是『蛇仙草』，那紅紅的花是『馨蛇花』，這馨蛇花挺稀有的，可以製造『辟毒丹』，都把它蒐集起來吧。」

真素子趁這大蛇還在熟睡之時，將這裡的馨蛇花吞噬了一個乾淨，想想這味道實在令人著迷，不知是不是能一直這樣擁有，就在這意念有些濃烈之時，真素子胃袋裡的馨蛇花，竟漸漸複製了出來，一朵朵地呈現，如同剛剛採摘的一般，這時修聆資訊，也呈現了複製馨蛇花成功的訊息。

晨星、康龍包括真素子自己，都非常驚訝：「原來我能複製出東西來啊？不知道有沒有什麼限制？」

「你想什麼呢，限制是肯定的，這複製本來就是你自身的吞噬技能，只是你之前不曉得運用而已，大驚小怪的。」

「妳既然早知道也不告訴我，真是小氣。」

「本姑娘就……對，我就小氣怎啦，勸你別太依賴我，自己的技能不熟悉珍惜，得怪誰啊。」

這時真素子正試著複製些有用的金屬來，結果自然都是失敗了。「唉，果真沒我想的那麼好啊。」不過從這經驗了解到魔素的重要性，沒了魔素，幾乎什麼都做不了。

話說第一次的任務完成了，真素子等階升上了五級，技能增加了一項木屬性之「腐蝕」，與外界魔物一樣無法進行溝通，就如晨星與康龍兩位眷屬在胃袋外時，也只能由心識對話，要如同面對面地聊天，可還是做不到的。

「這蛇睡得真死，都給他劃上一刀了，還沒感覺。」

「他體型太大了吧，這一劍，對他來講就像蚊子叮一樣，自然沒什麼反應。」

「我說那個……他那邊的東西被切下來了，怎會不著急？」

「可能不重要吧。」

「不重要嗎？」

「應該吧。」

「現在不是討論那個的時候，蠢蛋，趁現在，快回到化形洞窟，把附近的金蓮吃光光，不然會來不及，那可是老大給我們的寶貝。」

「我可不知道路。」

「真笨，算了，我來導航吧。」

「對了，我升上五級了，好像有強一些些。」

「五級了不起嗎？少廢話，還早咧！」

「我只是想講那個新技能。」

「不重要、不重要，到底要我講幾次啊！」

晨星與康龍都還在胃袋空間裡，秘書小姐又交代他們在裡面規劃一下造屋種樹之類的，真不知道，她想要怎樣，回洞窟路上，真素子左扭右扭，藉著移動技能，速度不慢不快，可以好好行走，順便看看這沼澤中的風光。

漣履漫步左右閒。無數俏眼定地鮮。

一團肉圓臨觀起，從此逍遙若神仙。

這全新的夢幻般世界，讓真素子看到什麼都覺得非常有趣新奇，心情簡直是舒暢無比。

隨著一陣陣整齊的步伐聲響，迎面來了一長串很有秩序的隊伍，一隻跟著一隻，整齊嚴肅地向前邁進。

「這是軍蟻，又稱行軍蟻，算是沼澤中的清道夫，也是所有受傷魔物的噩夢，只要受了傷走不了，被這群軍蟻發現，就只有死路一條，肯定被一整群的軍蟻大卸好幾塊，搬回家裡做糧食，他們沒有固定活動範圍，但以這鬼沼為大宗。」秘書懶懶地回答了真素子的疑問。

「水面上露出一雙凸眼，挺猥褻地看著我的，又是什麼？」

「這是水鱷，最好別理他，這種魔物喜歡把自己埋在水裡窺視他人，覺得好吃就出手，牙尖嘴利，快得很，皮也很厚，基本上不怕刀劍，只怕腐蝕，體表硬化的皮膚佈滿尖刺，那可是倒鉤，很危險的，最大弱點是脖子下方軟皮膚處，技能為撕咬，威力相當驚人。」

「那飛在半空，肯定不是鳥，但有兩片羽毛翅膀的，我看他好像拿著弓箭瞄準這邊，那又是什麼？」

「那是天使，長相不管男女都好看，亡靈聖域往西，介於花笑子中間區域，為天使居地，看來他不應該出現在這的，這天使形如人族，帶有雙羽翅，擅長以弓箭對敵。」

「人族？是什麼？」

「這訊息沒說……嗯，不告訴你。」

「到了，好像也沒多遠。」

「嗯，那就衝吧，記住，一根不留。」

真素子剛出洞窟時沒來得及看清這池金蓮，現在仔細看來，還真是稀罕，這花金瓣流閃爍，這葉翡翠帶嫣紅，這莖潔白如溫玉，就不知根長怎樣了。

對於吞噬技能算是有些熟悉了，真素子想試試新技能「腐蝕」，隨即將身體開展到最大，向著金蓮花羣一躍，整個撲上去了，這一跳，卻是跳到一個綠油油的屁股上去了。

「唉呦！我的屁股，好燙好刺啊！」猛一回頭，就是剛剛的肉團，這傢伙竟然有毒刺，「完了，萬一我……」這小鬼受到驚嚇，著急地用力把真素子抓起來，狠狠地丟在地上，抄起手中長劍，劈了下來，康龍見狀，跳出曲其胃袋，手中小劍急忙橫擋，就這樣兩人打了起來。

「哼，區區小鬼，也敢對我主人動手！」

這小鬼一臉納悶，沒想到從這肉球迸出這號人物來：「你這生面孔，請問是打哪來的，之前怎沒見過你？先別打了行不行，我們一定是有誤會了！」

「有沒見過都沒差，給我認命吧，看我的『劍斬』！」這技能發動出來，康龍連續近身三劈，劍刃抵住喉嚨。

小鬼完全無還手餘力，連忙道：「大俠，饒我一命！是誤會，全是誤會！千萬別殺我啊！」

「請示主人，這看起來很衰的小鬼要怎麼處理？」

「殺了啊，還能怎麼處理，冒犯真祖，死路一條，我們得弄個類似什麼給馬威的。」

「用不著啦，殺性別那麼重。」

「你叫他離開這邊也就是了，順便問問他躲在這做什麼，是找寶貝嗎？這個我比較有興趣。」

「主人說饒你性命可以，但要你交代在這邊找什麼寶物，老老實實說出來，否則，雖不傷你性命，但留下你一條胳膊，還是可以的。」

「大俠大俠，我說我說，小的是這魂森裡的樵夫，對這整個地帶很熟悉，大家都稱我導遊，今天是特地來這邊尋找『飛精』的，我一直很想……很想看看飛精傳說那種迷死人的樣子，看到這一片金蓮池很特別，想說飛精可能就在這附近，所以……沒想到……那個……大俠的主人往小人屁股上一坐，小人覺得刺痛，就順便將他……將他放地上了，過程就這樣，我沒說謊喔！」

「飛精……原來他在找晨星啊。」

「那要滿足他的願望嗎？」

「做好人好事啊。」

「我沒意見，要尊重晨星的意思。」

「我……我對那小鬼沒感覺的，恐怕要辜負他。」

「他想見一面而已，說什麼辜負不辜負的，晨星妳這小腦袋都裝了什麼啊？」

「喔，是這樣啊，那沒關係的，就當交朋友。」

隨即晨星出現在小鬼身旁，並大方地在他眼前輕快地展示了一圈。

「小鬼哥哥，我叫晨星，幸會了。」

「妳怎麼對每個人都叫哥哥？」

「不然該叫什麼呢？我又不想叫他老公。」

「除了這些也有別的稱呼啊！算了，找時間再好好教教妳。」

「好了，看完了，主人交代你現在可以走了。」

「不不，你的主人是真祖對吧！拜託幫我問問主人，是不是能將小人收入眷屬，小人會很有用的，我在這沼澤森林地帶熟人很多，可以當很專業的導遊喔！」

「他也想簽契約啊，本姑娘分析分析，看夠不夠格。」

「嗯……完美，可以，符合本團隊的需求，不過得給他個……對，就是下馬威，康龍，你就這麼說。」

「我主人的秘書交代，你這小鬼本事平平，我們不太需要，也沒什麼能好好期待，不過看在你這麼有心的份上，勉強收你為眷屬，但要記住，以後任何勞力活，要記得積極主動擔下來，不能有任何埋怨，還有，對晨星不能有非分之想，對秘書小姐的旨意，只有順從二字，絕不能有其他。」

小鬼面露喜色：「就這些條件，我都願意！小人粗活本來就幹慣了，一天沒事做反而渾身覺得不對勁的。」

真素子稱這小鬼為「李樵」，在真祖祝福過後，由小鬼族進化為混魔，實力評價升至中中階，主要技能斬木，也升上了二級。外型變得較為高大，而且……英俊。

在秘書正跟李樵講述她剛定下的規矩時，那隻被意外截斷命根的森蟒，氣沖沖地朝他們飛奔過來了，康龍擺好陣勢，正等森蟒過來大打一場，上次不小心被他吞下肚子這帳，還沒算呢！

李樵忙道：「都是自家人、都是自家人，這森蟒是我好友，我來跟他說，若以主人集團大業來考量，他會是非常得力的助手。」

「喂，還記得我嗎？我是導遊樵夫啊！」

「你是誰啊？閃邊去，我先報個私仇，你若不識相，等等就料理你！」

「報什麼私仇，這位可是真祖，你打不過他的，再看看那位，有沒有，拿劍的，我可是一回合也沒擋下喔，你我這麼熟了，相信我，好好說話。」

這森蟒不理，一張大嘴，直接往真素子竄了過去，隨即一口尖牙，被康龍舉劍擋了下來，一式劍斬，迅速地將這尖牙，切成了三段。這蛇又不甘心，頂著他最得意的金角撞了過來，這康龍向上一躍，又是一劍，砍了這金角。

眼見這仇是報不了了，這搞得又斷牙又缺角的，森林殺手很是難過地哭了起來。

「嗚……你真是樵夫嗎？你又不知道，我的寶貝……就是那個啦，一定是被他們砍下來的，除此外，沒第二種可能了，你說這仇怎能不報，我可是森林殺手啊！」

「喔，那的確是意外，不知道那個對你意義重大。」

「我主人說那事就純粹意外，也不知道對你意義非凡，要我跟你說聲抱歉啦。」

「你主人腦袋有洞嗎，不知道那個很重要嗎？」

「真不知道，身體要修復不是挺容易的嗎？」

「主人，那種恐怕是不行的。」

「所以這缺陷是無解了。」

「呵呵，這邊由本姑娘這秘書來提供一下解決的辦法吧，其實只要受到真祖祝福，那根算什麼的，很容易就有了。」

李樵一聽，很興奮地對這森蟒說道：「蟒兄，造物給你的機會來了，你眼前正是曲其真祖，你那個……嗯，要復原，有一個好辦法，就是請真祖給你祝福，將你納入眷屬，這樣一切就能恢復了。」

這事情，就是這麼簡單地解決了。

話說這森蟒這麼大，真素子不能將他納入胃袋，是如何結契約的呢？原來只要雙方頭碰頭就可以溝通了，事後真素子埋怨秘書不早講，因為到現在，他還是覺得吞下李樵這隻小鬼，實在有些噁心。

這森蟒，真素子叫他「吳缺」，對於他即將失而復得的心情來說，有點鼓勵的味道，受祝福後由森蟒進化為「毒魂蟒」，身軀比原本小了很多，大約剩下三分之一，但體質結實了不少，而且生出了兩隻手臂，外型上變化算是頗大的，而他最最在意的，果然生回來了。

就這樣，等秘書小姐弄完一切入門手續後，這森蟒正式成了真素子第四個契約對象了。

第八回

部落

在將化形洞窟旁的金蓮搜刮殆盡後，康龍向真素子提出了一個不得了的建議，那就是在他的族民部落附近，設置一永久據點，來吸引附近的各種族魔物加入，以強大真素子的勢力範圍。

「真假，現在的我可以嗎？」

「啟稟主人，沒問題的，由我來說，族民們肯定願意讓一塊地給我們的。」

「這樣是不是要先立個旗號，想個有氣勢的名字？」

「嗯，本來就要這樣。」

「等等，你們想想，在一個小小草寮上，然後立個國度的旗號，這樣真的能看嗎？說不定很快就被其他國度殺過來了。」

「殺來，不會反殺過去喔？」

「各位家人，容許我跟大家坦白一件事情，新進的還不知道，現在的我，也才只有等階五級的程度，扛不了重責大任的。」

「扛不了也得扛，忘了你是真祖嗎？你的人生目的，就是建立偉大的集團國度，除此外，什麼都別想。」

「我只是說稍微慢一點而已，至少讓我強一點再說啊！」

這挺重要且嚴肅的會議，秘書要大家一起參與，眷屬中除了吳缺之外，都叫到真素子的胃袋中了。

「什麼時候……我也能參加啊？」吳缺委屈地抱怨著。

「主人說的有理，這要升級，最快的方式就是挑戰高難度，小人知道有一個現成的目標，只要打贏了，包準主人滿意。」

「有沒有可能會輸？」

「呃，這不能說是……沒可能的，不過……風險越大，報酬率越高啊！」

「你這是賭，而且還是賭命。」

「啟稟主人，我知道李樵說的那隻魔物，他是邪蛛種族，等級不知，行事低調，但的確超級強，他在的地方，幾乎沒有任何魔物敢接近。」

「那這樣還賭個屁喔，下一個！」

「不是，我們是有機會贏的，只要用對方法，更何況家人裡有吳缺啊，配合康龍的劍斬，晨星的重力球，然後，嗯……然後……」

「然後怎樣？」

「只要主人並不覺得噁心，趁機會用吞噬，這樣我們就贏定了。」

「這邪蛛，很小隻嗎？」

「就像我拳頭一般大。」

「這麼小，難怪他能低調。」

「那為什麼說他很強？」

「這是因為，他的毒厲害到都溢出身外來了，一般魔物沒有抗性的，走不到他身邊就被毒死了，我說吳缺本來就有用毒，毒抗性有一些些，康龍劍斬速度很快，不用近身也能發出劍氣，然後吳缺現在不是有手的嗎？就用來抓，趁他還沒被毒暈過去前，主人上前吞了他，這樣不就得了？」

「那我要做什麼？」

「喔，康龍大俠要麻煩你將他附近的蛛網清下來。這計劃就是這樣，挺完美吧！」

一行人商量過後，真素子告訴外面的吳缺，關於大家討論的計劃。

吳缺搖了搖頭說：「那邪蛛我是碰過的，有一次我想挑戰他，結果還沒到他身邊我就暈了，而且足足睡了三天三夜，事後他給我留話，說『小夥子，斷奶了再來吧，我今天發願吃素不殺生，不然你就死定了。』」

「還有這一段啊。」

「發願吃素的，這很少聽說。」

「應該是某一個國度教派的，也不知道這邪蛛什麼時候信了這教派？」

「這樣暫時不討論他了，提供些有用的吧。」

「喂，大家都忘了我呢。」

「晨星啊，妳能幹什麼？」

「我啊，其實……那邪蛛我也認識，曾經他是我考慮的對象之一。」

「對象？晨星妳應該是出來找郎君的吧，哪是找真祖？」

「不是，是他跟我求婚的，但是我最後還是嫌他腳太多了，沒答應他。」

「妳好像不怎麼選擇，只要有人提要求，妳就會考慮？」

「也不是啦，其實我對他有一些些的好感，因為剛來這鬼沼時，就很有緣份地與他認識，那時他幫我除掉了很多追求者，還有你們看，就是這辟毒珠，放在身上，不怕他的劇毒，也是他給的，嗯……就是這樣啦，喔還有，那個要他吃素別殺生的，其實就是我啦。」

「那妳的意思是，妳能勸降他嗎？」

「是妳，妳是哪個教派的啊？」

「別插嘴，小心家法伺候。」

「不是，我可以色誘，然後讓主人捕食。」

「色誘……唉呦，真虧妳想得出來！」

「坦白說，這可是好方法。」

「嗯，為了主人，晨星願意犧牲色相。」

「喂，可別講成這樣啊，我都覺得我好無能啊！總之，變強的方式很多，我也不急，一步步來，總是能到達目標的。」

在一番激烈的討論熱情之後，真素子否定了大家這些取巧的提議後，並決定先照康龍起初的建議，領著大家一起往鬼沼東邊的巨鼠部落去了。

蒙憂鬼沼之東五十里處，是已近魂靈之森的邊陲，這邊是整處的丘陵地與草原，一直往東走，會遇到一座山脈擋住去路，這是隔離此區眾魔國度與其他世界的交界點，稱作「武夷山脈」。

其實真素子所處眾魔國度，只是這世界的其中一隅，眾魔國度以相對之地理位置，分別區隔為東西南北四個疆域，而真素子所在，即屬於南方眾魔國度。

這南方眾魔國度之疆域，也分別了五個區域，北區為「雄古高原」，南區是「惡鬼盆地」，居於中間的就是「魂靈之森」，而巨鼠部落所在，稱作「地城丘陵」，另一面西區，算是最為神秘了，叫作「上古遺林」。

真素子一行來到這地城丘陵，只見得一望無際，滾滾強風陣陣，完全是一片荒野的景象，一想到要在這地方建立據點，心中就充滿了嫌棄：「這荒涼的感覺，是這邊的特色啊？」跟著無意思地提問：「這麼一片，會是哪一個國度之管轄範圍？」

「主人，這裡可還是自由的區域，並沒有任何國度有意願管轄喔。」

「看來這地方，就挺有特色。」

「是啊，作為主人集團立基之處，應該是不錯的。」

「這邊不行啦，還有特色咧，一看就飢涼之地，在這建國，不用他國來，自己就餓死了。」

這康龍的家鄉，除了大大小小的丘陵外，就是整片廣大的平原，地表沒有特別能作為防護的地形，所以康龍的族民，一向都是居住在地底下的巢穴洞窟中的，這也是地城稱呼的由來，所以不僅是康龍族民如此，其餘種族之魔物，也都居住於這片疆域之地城。

「看來這康龍的腦袋不行，就像他的族民認不出吳缺就是森蟒一樣，還說有了雙手，就不是蛇了，哈哈！」

「找機會，再勸勸他吧。」

康龍的原意，當然是跟族民要一塊地城區域了，這一天，康龍與族民說明了真素子的來意後，真素子分得了一塊小小的地城，不過，聽晨星他們說，這塊比真素子胃袋那區還小上那麼一大截。

看真素子對這一塊地城丘陵沒興趣，吳缺慫恿著大家到他的族人部落去，以他族中第一強者的身分，必能為主人取得理想的建業基地。

「嗚……我說……我是族裡第一強者呢，竟然沒有人關心……嗚……」

就這樣，一行人又前往鬼沼北方地帶的森蟒部落，這森蟒一族正與水鱷爭地盤打架，目前嚴重處於下風，眼看原本地盤也將不保，不僅願意提供部落領地，也同意全體加入真素子這集團國度，但希望他們幫忙擊退水鱷，這真素子正要考慮，秘書就趕忙搶著答應了。

「那，這一切就這麼定了喔，不可反悔。」

「不會的，到時我們會在這邊好好發展『真素子創業集團』的。」

「問一下喔，真素子創業集團，是我們國度的名號嗎？」

「是的，天才吧，請讚美我，我會大方接受的，哈哈哈啊！」

水鱷部落在鬼沼中心地帶，算是鬼沼中的常勝霸主。

以水鱷的外型特性來論，森蟒並不是對手，在吳缺號稱森林殺手時，是沒有將水鱷列名在內的，畢竟人家總是低調地潛伏在水中，統稱「鬼沼之王」，哪像他整天大搖大擺地在森林閒逛。

「那位就是我真素子要挑戰的魔物？」

「沒錯，上回說了，這東西普遍怕腐蝕，你正好有，所以大家一致推你上場了。」

「可是我才五級而已，水鱷等級應該大多了吧。」

「等級不重要的，差一些算什麼，總之，我們都看好你，你行的。」

「對方是派誰啊？」

「聽說一個叫『姥姥』的。」

「姥姥，這是有命名的魔物耶，那等級肯定更高了，她到底多少級了？」

「不知道，反正上了就曉得，別那麼婆婆媽媽的，像個小女人。」

「日子到頭了。」

「不是今天比賽嗎？」

「是啊。」

「那你在觸我霉頭。」

「有嗎？」

「你看家人們都在那邊搖旗吶喊呢！」

「看到了，是說規定不能群毆嗎？」

「沒，這個是單打，來，準備上吧！」

真素子眼見一隻渾身墨黑的水鱷，雙腳站立，兩手插腰，仰著一番長臉，嘶嘶啞啞地望著他嘲笑著。

「喲，你們森蟒還真是能耐，找了這麼一團什麼的，就打算來打發我這姥姥嗎？」

「敢小看我們真祖，妳死定了！」

森蟒族長看這種明顯的差距，也沒任何半點信心，本還以為會是吳缺上場，沒想到竟是這團肉球，遂戰戰兢兢地回道：

「希望……嗯，希望我們……都守信用啊，誰輸了，誰就退出鬼沼，不要有怨言了。」

「當然啊，我的主人正要我拿下你們那塊雜草叢生的荒地呢。」

「秘書，妳鑑定結果如何？」

「嗯，這個……嗯……」

「妳有什麼不順暢嗎？嗯啊嗯的。」

「嗯，這個我不……不是，本姑娘不爽告訴你，你自己發覺吧。」

真素子看她這樣子，肯定是不知道了，這樣不就代表，這姥姥等級高出他許多？反正打不贏還能逃，就挑戰看看吧。

「來吧，姥姥，就讓我真素子與妳會一會吧，只是生死上就別計較了喔！」

「我問一下，你需不需要呼吸？」

「呼吸？什麼是呼吸？」

「那就是不需要，根據我分析的結果，那水鱷肚子裡面更適合用腐蝕技能的，你想辦法鑽進她嘴巴裡，這樣，我們就贏定了。」

「這高招啊，不愧是秘書！」

「那是（陶醉）。」

「哈哈哈哈，就給你三分鐘吧，我就靜靜不動，看你能把我怎樣？」

「三分鐘太少，妳就笑個五分鐘吧，還是多了二分鐘，妳就沒把握了？」

「呿，我會差那些？五分就五分，到時殺了你，可別怪我心狠手辣，來吧！」

這水鱷大口一張，還真讓真素子五分鐘。這隻水鱷張嘴，已形成習慣了嗎？真是囂張的模樣。

真素子發動技能移動，扭扭拐拐地移到姥姥大嘴前，咻的一聲，跳進了姥姥的嘴裡，一下子就鑽到了肚子，放起腐蝕技能來了。

這姥姥不知道真素子會來這招，有點傻眼，想到死在她肚皮底下的魔物不計其數，就算這團肉球有毒，憑她強大的毒抗性，也完全不用在意。

「呵呵，沒想到竟自殺來了，森蟒你們這群沒名字的傢伙，現在甘願了吧，把地盤讓給我吧，姥姥我還可以趁現在心情大好，饒了你們大夥……饒了……」

就這話還沒講完，肚子已開始翻騰了，這姥姥頓時老臉一陣青一陣紅，後面想洩，前面想吐的，搞得她外面回應的話，一個字也聽不清楚，忽然肚子裡又傳來劇烈的燒灼感，而且慢慢燒到心房去了，最後受不了，終於痛到左翻右滾的，向真素子求饒不已，不過真素子在她肚裡可沒聽見，正在裡面到處放毒，玩得不亦樂乎。

終於最後，這姥姥，莫名其妙地被真素子玩死了，一堆實力都沒能展現，臨死前掉了一顆眼淚，後來人家傳說，這就是「鱷魚的眼淚」。

贏了，真素子雖然贏得隨便，但也算是技巧獲勝，姥姥死得不冤啊，這同時也讓他多出了兩塊鬼沼上的地盤，因為水鱷們見他這麼輕易地弄死他們的姥姥，紛紛要求加入真素子的創業集團，而森蟒族群自然也歡天喜地地加入了。

第九回

一群家人

等階升到十級，基礎數值之智能因為秘書的執念，大幅度地增加了，同時魔素之數值，也來到一個令人稍微安心的高度，吞噬技能升上了五等，腐蝕也到了三等，除此外，真素子與秘書就沒有多餘的變化了。

「看來要確實增強實力的路上，我們還遙遠得很哪。」真素子感慨地說道，「記得之前立定契約也是能升等階的，反正目前契約額度很多，不如就將所有加入集團的魔物，全部都訂下契約吧。」經由秘書提醒，真素子對這建議，十分積極地展開了。

隨即整體核算了一下，目前加入集團之魔物，巨鼠有五十六位，森蟒二十四位，以及水鱷三十位，總計一百一十位集團初始信徒，真素子安排他們輪流來定契約，一個一個地幫他們取名，這到最後，感覺取名上真素子是越來越隨便了，不過這可沒差，真祖祝福皆廣布，所有巨鼠都進化成鼠人，森蟒也都覺醒為毒魂蟒，而水鱷們，則進階為——「河童」。

這一番契約定下來，足足花了七天的時間，雖然契約過程有些辛苦，但整體來說是非常值得的，這種方式用來提升實力，本來就是最理想的，這可是萬物靈繫的世界，真祖的最大優勢，就是這種契約立定，真素子因此而升上了十三等階，而且多了一百一十位進化後的忠誠夥伴。

他要秘書鑑定每一位的特質與能力，並建立基礎組織，以做個人之職位安排。

經大家討論分析後，決定將目前這三種族之集團信徒，各分別為三軍團，由具有統帥能力或技能的擔任軍團領導，開始於個別的領域上，招兵買馬，擴大影響力與領域中的勢力。

至於森蟒與水鱷部落，因為彼此接近，真素子以這為中心，劃分了集團的勢力範圍，並進一步由毒魂蟒與河童組成的聯防隊協力護守，感覺上，似乎有點立國之模樣了。

不過這消息，很快就傳到戰鬼國度中，結果……

真素子集團才剛剛建立，沒想過不到數日，戰鬼國度派了民防軍隊，把真素子集團這領地給強佔了。

「看來，我們就是太醒目了，沒想到戰鬼那麼小氣。」

「我們的信徒都還健在吧？」

「還好，大軍一來，就都各自先散了。」

「先分散也好，就讓他們自行歷練吧，可以的話，各自尋找隊伍組成冒險戰團，應該是最理想的。」

真素子主意打定，就用心識傳音，將這些決定傳遞給信眾領導了。

後來這群信眾裡，真出現了一隊極有名的冒險戰團「五四三戰隊」，領隊的是河童「姚三」，在未來真素子集團與敵國之戰鬥中，有非常亮眼的表現。

「啟稟主人，康龍有一事想徵求主人答應。」

「什麼事？快說說。」

「屬下有一好友，恰好是水鱺一族，因為長得好看被姥姥忌妒排斥，所以不讓她住沼澤，長期以來都住在亡靈地下城附近，在下去那邊尋寶時，都是住她那的，人美、心地善良，而且會一手好料理，除此外……」

「這是你心上人是吧？」

「呃，我是挺喜歡她的。」

「是說，依我的認知，其實我有點難以想像水鱺那樣子，如何可以稱作美？」

「你照鏡子比看看就知道了，任何物種，都嘛能比你美。」

「她真的有很多專長，是我們冒險者公認的顧問喔！」

「那你是要我收她為眷屬？」

「是啊，這是她的一生夢想。」

真素子一看這美麗的水鱷，驚訝得一眼快要凸出來。

「哇，還真是好看，與晨星相比，是另一種氣質啊！」

「嗯、嗯，是不錯，也不輸給我的，真好，我們可以組織美女軍團了。」

「我有一個小問題，能否請教這位美女？」

「請說無妨喔。」

「就是妳跟一般水鱷，外型上似乎差很多。」

「嗯，這是奴家為變異種的關係，因為這皮相，所以難容於族人，很早就被拋棄了。」

「變異種……會不會根本是別個種族，大家都誤會了？」

「不會的，根據本姑娘的鑑定，她是實實在在的水鱷。」

「天啊，這真是超越了我的想像啊！」

「你鬼叫些什麼啊，還不趕快定契約！」

「恭請真祖為奴家取名。」

「喔，讓我好好想想，該叫妳什麼呢？稀有的變異種水鱷啊，嗯……那以後妳就叫『異美人』好了。」

就這樣第五位眷屬——異美人，加入了曲其真祖的靈繫道脈，其進化後的種族，也與其他同族的水鱷不同，而是世上稀有的——「萼仙」。

真素子目前已有五位眷屬跟隨，除了他嫌棄的地城小房之外，已無其他領地，除此外針對強化實力也是必須，所以又提到邪蛛這豐富的經驗值上，在大家討論到這兒時，異美人提出了一項建議。

「關於領地，奴家想提供一個地方，或許會很適合，這地方叫魂草部落，與森蟒水鱷恰為三角，重點是這一片部落，除了水鱷外沒有其他魔物肯接近，而且這處也是少見的草原，各種礦物資源豐富，除了佈滿了魂草外，並沒有其他缺點。另外，大家所提到的邪蛛下落，奴家也有他的確實消息。」

「美人妳懂的真多，難怪人家叫妳顧問。」

「從小出門在外，所以就多學了些。」

「我發現，秘書講話好客氣，有點溫柔。」

「受影響了。」

「我他爹爹地受影響了，別抬槓了，出發吧！第一、用心積極向前衝。第二、時刻分秒不浪費。就是我們真素子創業集團的建國理念。」

「有創業理念了，不知道什麼時候會有企業文化呢？」

「你事業做大一點自然就有，急什麼呢？」

魂草部落

這魂草部落在鬼沼西北角，已出鬼沼範圍，算是魂靈之森中少見的草原，只是佔地不廣，為魂草這魔物所在地。

他們是群居魔物，以地下根莖相連繫，生命力極端強韌，幾乎可稱不死，技能是「噬魂」，能吸取魔物之魂力，進而取代並支配這魔物藉體，所以在魂草之地，都會有不少的無魂魔物遊蕩，與遠近馳名的花笑子算是通科同性質，只是型態不同而已，若知道什麼是「萬里尋魂」，就能理解這塊草原，為什麼不受歡迎，甚至讓人家不敢接近。

話說魂草有兩隻細長如枯爪的手，能屈伸、能纏著你、能放毒、能鞭打你，總之感覺上有些變態就是了。他們的頭，都是藏地底的，有時探出來，真會嚇死你，差不多骷髏模樣，且多了一些小型爬蟲鑽啊鑽的。

「這種變態魔物的部落，我看還是算了吧！」

「怎能算了，你要立國，就要廣納眾魔，不能有私心成見的。」

「主人，奴家稍微說明一下重點，這魂草外型雖是令人不喜，但忠誠度是極高的，而且他們拉夥伴的實力與效率，肯定能讓主人滿意的。」

「不是魔物都不敢接近嗎？」

「是啊，但是只要進入他們的範圍，可是從來沒有魔物出來過的。更何況請他們做邊界屏障，最是恰當了。」

「對啊，這有理，那現在要怎麼做？」

「去傳道。」

「傳道？」

「魂草是可憐的無魂藉體，其實不是真無魂，而是被自己的信仰蒙蔽了，他們的信仰會隨世俗風向而發生變化，只要傳播他們心中想要的道，相信他們很快就接受的，而且只要一小批魂草認同，就會漸漸傳遍整個部落，主人要找信徒，這世界除了花笑子外沒有比魂草更適合了。」

「而且，若能在這立定一位契約家人，這片魂草部落就會對主人終身信仰，絕不會背叛，更何況未來爭戰，魂草可是很強力的地面軍種喔，以上是奴家的綜合報告，對了，還有一點，去跟魂草傳道這事，奴家可以代勞。」

「異美人最後這一句絕對是重點了，那就這樣辦，到時妳再選一珠魂草來定契約吧。」

「嗯，剛剛有說骷髏頭，那是什麼？」

「應該指的是骷髏做的頭，可能……跟你上次暈過去時的樣子差不多。」

「喔，了解。」

「那現在我們是……喝茶打屁聊天，等美人傳道是嗎？」

「啟稟主人，她說請大家等她一會，很快就好了。」

「很快？我印象中，傳道很艱難的。」

「你有傳道經驗嗎？還印象中。」

「好像是有？」

「是作夢啦？」

「主人，異美人回來了。」

「奴家已完成主人交付的傳道任務，如今魂草部落已是真素子創業集團的領地，這位就是魂草部落的族長。」

「這種速度，我的腦袋思路完全跟不上啊！」

這魂草原來能走動啊，感覺是用葉子當腳，那這樣平時不就像是倒栽蔥一樣？這樣要取什麼名字好呢？哈哈，不如就叫——「郝聰」吧！

第十回

意外的勝利

大家實在好奇異美人的傳道效率，原來她用了魅惑這種逆天技能，這與晨星的迷夢又有不同，是會令他人全力配合施予者的術法，想想這種再配合她的外貌，果然沒有人能輕易拒絕啊，接著根據異美人提供的情報，真素子一行出發找邪蛛去了。

這邪蛛很恐怖，實力超強，外型如同蠅虎，就在魂草部落下方的沼泥部落，那是他最喜歡的地盤，他有曬太陽的習慣，每次都將黑色沼泥塗滿身子做日光浴，這在某一個國度，是一種養生美容的方法，雖然不知道這邪蛛是哪學來的，有沒有效果，但可以確定他一直保持這習慣的。

「我們去沼泥部落，是不是先跟當地領導拜會一下比較好？」

「拜會什麼的，省了吧，憑我們現在的實力，不聽話就滅了吧！」

「哇，秘書好殺！」

「妳不是要我蒐集魔物大全嗎，還滅？」

「這是馬威、馬威，懂嗎？」

「這、這個……晨星想提醒秘書姊姊，妳這馬威上頭加個下字，會比較完整的。」

「哦，是嗎？」

「沒加……也不打緊。」

「吳缺，我們先到那邊歇息一下好了，先觀察看看，再讓李樵前去拜會，盡量避免打打殺殺的。」

「嗯，好勒，跑這麼久，也是有點累了。」

長久以來，吳缺養成了一個改不了的習慣，因為是森林殺手兼族內第一高手的關係，只要是休息，他都要坐得像個樣子，一定得特別找個高高的地方俯視，這樣才能顯出他高處不勝寒的感覺和味道。

吳缺遠遠看上了一處沼泥高地，與下方有些落差，遂跑到那邊用力一躍，卻不知進化後跳躍能力強多了，這下跳得太高，一屁股用力地跌落在了地面上。

只聽到噗的一聲，似乎坐到什麼東西，扭動一下後，又是噗噗的聲音。

「沒想到你也會放屁。」

「不是，我沒……剛剛覺得屁股坐到了東西，刺刺的，然後現在有些暈暈的，完了，我又中毒了！」

「快移開你的屁股，讓我們看看是什麼？」

「咦，這是？」

「好像被拍死的蒼蠅？」

「這東西有毒嗎？」

「有，大家快快躲到胃袋！」

剩下真素子拿著辟毒珠在外面觀察這蒼蠅。

「好像死了。」

「咦，吳缺身體放光了，這是又進化了嗎？」

「我沒中毒？喔……我又變小了！哇……我又升級了！」

一家人在真素子胃袋裡，聽到外面吳缺在興奮地鬼叫鬼叫的，就一起出來看個究竟。

「剛剛中的毒原來是興奮劑啊？」

「咦，吳缺身體又變小了，感覺有稍微精緻了些。」

「皮膚也出現了光澤，你看都能照鏡子了。」

「那……那個是什麼保養品嗎？」

「會是沼泥的功效嗎？」

「喂，吳缺，你是不是升級了？而且還升不少，是吧？」
「報告，沒錯，我升級了，而且上了十級，加進化又加轉職，而且……」
「好了，知道了，先下去吧。」
「嗚……我還沒說完。」
「剛剛壓死的，是那隻邪蛛吧？」
「是的，真沒想到，這恐怖的魔物邪蛛，就這樣被吳缺一屁股坐死了。」
「坐死了？」
「真是悲催。」
「還以為他多強。」
「看來江湖傳聞都是不可靠的。」
「依奴家看來，不是邪蛛太弱了，而是恰好出其不意，邪蛛強在他的毒霧，他可都還沒用上啊！」
「毒霧喔，現在我也會喔，我發現……」
「主人，現在依小人之見，就趁勢與沼泥部落談談招降吧，我拿邪蛛屍體去談，效果肯定是好的。」

「這點子可以啊，李樵，沒想到看你這般忠厚老實，也會用這招。」

「呃，這方式其實小人常用的說。」

「好，那你跟吳缺……嗯……算了，還是請康龍、異美人跟你一起去吧。」

「主人，我可以的……」

「你這樣子……沒關係，你等下回吧。」

「嗚……為什麼？」

「把你的尾巴翹起來，自己照看看就知道了，派你去就得準備跟人家幹架了。」

這吳缺現在的臉看起來，就像大病初癒一般，病懨懨的，一點活人樣也沒有，硬要說還帶了一些慘綠，只不過身體真變小了，而身上鱗片則亮得快發光了，這種感覺，很不搭，就像……嗯……就像是一個快死的醜八怪硬是穿了一件鮮豔亮麗的衣服。

這若被沼泥們看到了，感覺一定會丟真素子的臉。

「妳怎說他去會跟人家幹架？」

「若被看笑話，你說我應該忍這口氣嗎？」

「我說妳脾氣稍微收斂些比較好。」

「身為真祖秘書，我是絕對必要高調的，這可是秘書守則。」

「喔，抱歉，我不知有這規矩，失敬了。」

「知道就好。」

「話說，我是不是讓人感覺太過於霸氣兇悍了？」

「呃，不是。」

「那是……？」

「對了，我們剛說到哪了？」

「去沼泥部落拜會洽談與合併他們的事。」

「唉，可憐的吳缺。」

「吳缺……唉……我會幫你想些辦法的，先這樣了。」

「……？主人，我是怎麼了嗎？」

「你現在長這……」

「沒……沒事的，你好得很。」

沼泥部落

鬼沼極西地帶，屬於沼泥魔物居地，這一整片地帶，分布了數個沼泥族群，李樵要去的地方，是其中一個最大的部落，也是最接近鬼沼的區域。

「看這村子，比前面森蟒水鱷的都大許多啊。」

「嗯，雖然如此，我們拿出氣勢來，配合美人的魅惑，應該可以洽談愉快的。」

「怎麼走了半天都沒半個人？」

「嗯……沼泥應該都住地底的。」

「但也不至於地面上都不見，至少這是一個村落吧？」

「兩位兄長來，奴家這邊有聲音。」

「嗯……聽起來好像在念什麼咒語還是經懺的。」

「是辦法會嗎？」

「該不會人家正在辦喪事？我們是不是改天再來？」

「這是你倆亂猜的，我們敲個門試試。」

「在下覺得要小心點好，畢竟這邊接近戰鬼國度，可別恰好遇上戰鬼真祖的眷屬勢力，而且若人家真在辦喪事的話，恐怕會不好溝通的。」

「嗯，若是在辦喪事，奴家可得避一避了，畢竟姥姥才剛……還有奴家的魅惑對於真祖眷屬，可是完全無效的。」

沼泥這魔物，擅長模擬各種物件的型態，最喜歡以類人族的模樣活動，所以他們居住的村莊，還真的是有門，這與一般像這類型魔物是以洞穴為住家的來說，算是比較稀奇的了。

「怎麼覺得你兩個在怕事啊？總之，好好談，不成的話我們也不鬧僵就好。」

李樵說著，就使勁去敲這門。

「這個……我們是真素子創業集團，想跟貴長老拜會，商量一下未來的合作事宜。」

過了挺久，沒有回應。李樵這次大聲喊道：

「喂……我們帶了重要的信物，裡面有聽到的話，可不可以麻煩通告一下？」

終於一灘爛泥湧了上來，漸漸形成一個……人形。

「真素子什麼的，沒聽過，本族長老正在祭祀，謝絕外客，改日再來吧！」

「等等，有信物喔，你還沒看呢。」

「信物？是什麼我看看。」

「嘿嘿，就是我手掌中的這個，這個可是我們討伐的喔！」

這沼泥守衛見了邪蛛後大驚，連忙竄到地底，通知長老去了。

「哈哈，這招管用吧，這人見人怕的邪蛛被我們殺了，誰見了還不是趕緊對我們投誠啊？」

「奴家怎覺得他的樣子，不太像。」

「嗯，在下也感覺不對勁，不如……我們先撤。」

「是嗎？需要嗎？都還沒談呢……」

李樵話未說完，三人周圍已湧上了無數堆的沼泥。

「就是他們！」

「好，都給我拿下了！」

「這、這誤會吧……」

「證據不在你手中了嗎？誤會什麼，竟敢殺死我族的聖獸，不拿你們三人祭奠，難消我族民之憤！」

「完了，事情發展怎麼這樣啊？」

「哼，邪蛛大人是守護我族的聖獸。」

「嗯，那可是神聖不可侵犯的。」

「對，聖獸大人是我們的信仰。」

「嗚……聖獸大人……」

「我可以問一下嗎？」

「好，讓你問，反正你快死了。」

「你們是不是早知道邪蛛……嗯……聖獸死了，所以在辦喪事啊？」

「辦什麼喪事？」

「因為在下剛剛聽到念咒誦經聲，所以這麼問。」

「那是獻祭儀式，等長老加持後，要將年輕珍貴的沼泥送給聖獸抹身子的。」

「喔，那這是出賣族人給魔物的惡習了，坦白說，我很反對這種，現在你們口中的聖獸死了，就不用犧牲那位族人了。」

「嗯，奴家覺得邪蛛死了挺好，守護聖獸什麼的，靠我們真祖就行。」

「哼，我也有真祖，何必靠你們的，別廢話了，來人，快將他們三個綁了，我要獻給聖獸，來安慰他的靈魂。」

一群沼泥蓄勢待發，有模擬出弓箭的，有模擬出砍刀的，也有鎖鍊、鋤頭、釘耙、繩子、大槌等等，種類實在不少。

「等等，難道你們不珍惜自己的族人嗎？」

「先別吱聲，這長老果然是眷屬魔物，我們三人至少要有一個脫險求救，不然這回死定了。」

「李樵你鑑定看看，哪邊的沼泥實力較弱，美人妳用隱身掩息閉氣，趁我放大招吸引他們注意時，趁機逃跑，我們三人能否活命，就靠這一擊了。」

「鑑定沒用，代表他們等級都高過我們了。」

「怎可能？算了，那也只好拚看看了，李樵你用火球術同我劍斬殺向西邊，美人準備往東邊主人那逃去。」

沼泥長老緊張憤怒地咆哮起來。

「上啊，還等什麼？」

「啊哈哈哈，你以為我是什麼等階啊，看我的劍斬，殺啊！」

「也讓你們看看我的火球術！」這康龍李樵甚有默契，刻意將沼泥部落地面，弄得汙泥四散，加上火球，形成了漫天煙霧。

「看我這火球術，嚇到了吧……！」

李樵這話又沒說完，就被眾沼泥淹沒了，一下子被綁得結結實實。

「帶回大殿，等候獻祭，另二個呢？」

「稟告長老，一隻遁地去了，我已派小隊追捕了，至於另一個，不知道用什麼方法，我感覺不到她的氣息，估計是被她逃跑了，不過看他們三個絕無能力殺了聖蛛，應該是有其他高手，沒錯的話，那位就是往聖地那方向逃了，我有事先派小隊先過去探底細，雖然我們可能敵不過，但可以知道對手是誰。」

「嗯，很好，能殺聖蛛，實力不是我們這境界能打的，另外遁到地底的只是拖延時間而已，在我們的領域，只能說是自尋死路，還有你再往聖地那邊注意看看，若感覺對方太危險就撤，別亂犧牲，我先去我主人那求救兵。」

真素子正在聊著天，忽然看見異美人匆忙的樣子，急忙上去詢問。

「他倆……應該都被沼泥抓了，請主人快去救他們，怕晚了就來不及了。」

第十一回

頂階侯健

「這沼泥部落的地牢，就像是一整群沼泥做出來的。」

「你這算是……廢話嗎？」

「不，這讓人細思極恐啊，哪有拿族人的屍體蓋地牢的啊？這部落的族民肯定是身受迫害與虐待，你看還有獻祭這回事！」

「獻祭這種就是落後的象徵，我們是被原始部落拿住了，看來被拿去『剝皮煮稀飯』是在所難免的了。」

「你說的那是什麼？」

「喔，族裡食物不充足時，就會拿來做的。」

「那你們豈不是……更……原始？」

這康龍與李樵被關押在地牢中，呆呆地看著身旁，彼此無事，聊了一些廢話，得出一些莫名其妙的結論，也就是他們這回死定了。

「我們真祖的實力還不行啊，打不贏這些沼泥的。」

「家裡人數也太少，人家一個一口沼泥，也就把我們淹沒了。」

「難道正要開始的我們，就要迎來結束了嗎？」

獄中陳屍處，魂火偃息。
滴心浮沉盡取殤，一世過往嗟雲端，
只當枉然。
干我英雄骨，今朝取薪。
何日再臨青礎上，明德造化引天心，
是作執情。

浪淘沙

「這是你寫的嗎？」

「像嗎？當然不是。」

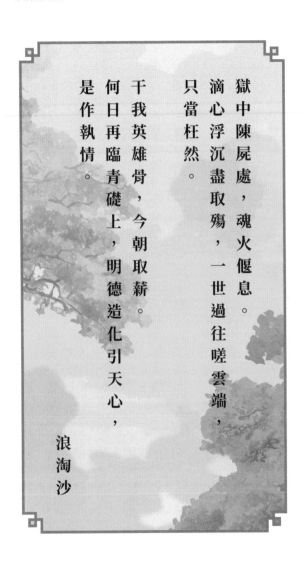

沼泥部落的聖地

這一塊凸出的窪型高地，是陽光穿過沼澤森林這些高大的樹群，所特別照耀之處，也就是沼泥部落聖獸邪蛛含冤被坐死的地方，他們稱之為「聖地」。

這沼泥隊長，遠遠望向了這聖地，只見一隻全身綠得發光發油的怪物，體型頗大，形狀有點像幼小型的森蟒，但多了兩隻鬼爪，面容醜陋枯槁，就如帶了面皮的骷髏，令人感覺邪惡、噁心，若多看幾眼，一定生出夢魘，脆弱的內心必受傷害。

這隊長好奇這生物，繼續觀察之時，忽然間不小心與他對上了眼，這種直達內心的震撼，讓他整個毛骨悚然，沼泥塊都掉了滿地。

他……竟然對我笑了……哼，要不是肯定打不過他，看他那種鬼樣，實在噁心，俺真想上去揍他幾拳，看來，聖蛛應該是死在他手上的。隨即招呼隊員正要回頭，猛然間，場景一變，他發覺自己實現進化了，全身充滿了力量，就連外型，也變得踏實了。

「我這是突然進化了嗎？」

「親愛的孩兒啊，這是我給你的神諭，接受契約成為曲其真祖眷屬，就能突破成長，現在你進化的機會就在眼前，千萬不要錯失良機啊！」

隨後聲音消失腦海，場景回到了現實。

剛剛那個神諭，這般清晰……難道，我真是天選之人，是帶天命下凡的，甚至有拯救世界的義務？想當初小鬼真祖選了他，要我當二手，這些年來……唉，我都只能屈居他之下，過著有功他領，有罪我受的日子，這種不公平的待遇，或許正是該結束了，現在既然有真祖要我，就是我出人頭地的機會，況且我再也不想聽那種人差遣了。

他勇敢地上了聖地，看到了那邪惡的怪物與剛剛逃走的美人，還有就是一團圓滾滾的肉球，還有一隻小小可愛的飛精。

「俺是沼泥防衛隊的隊長，今日得知真祖已在眼前，誠心前來求真祖賜福，納俺為眷屬，以實現俺多年來出人頭地的願望。」

真素子有些意外，應該說很意外，怎麼突然要他賜名簽約？

「秘書小姐？」

「送上門來的還嫌喔，本姑娘早鑑定好了，這傢伙的強度，可不是一般級別喔！」

原本真素子等階上去後，在賜名立真祖契約時已沒有之前嚴重缺血的感覺，但這次命名這位「侯健」，又差點暈了過去，這是代表剛剛命名的這魔物，吸收了他極大量的識能之故，這也代表這魔物實力必屬頂尖。

隨著進化光暈退去，侯健沼泥流動身型已化成實體，心臟部分閃耀著金色輝光的眷屬印記。

「感謝真祖為我賜名，俺一定奮勵勤懇，不辜負真祖栽培，請受俺一拜。」

隨後侯健說康龍、李樵的事交給他，保證可以萬無一失的，講完躍身離去，顯得相當積極有自信。

「原來沼泥進化後就能跳了，不用擔心身上的東西掉出來。」

「這是廢話。」

「哈哈，我的新技能不錯用吧？」

「跟你有關嗎？」

「有啊，這是我用『無真領域』，把他騙過來的。」

「真假？你怎麼騙的？」
「就這樣啊……」
「就這樣？」
「是的，我聰明吧！」
「嗯，我真看走眼了，沒想到我們吳缺這麼厲害！」
「主人，你終於看到我的能力了，嗚……」
「好，很好，我還想說你這樣子，不知道怎麼安慰你，現在看來應該不用了。」
「我這樣子？是很怪嗎？」
「不是，應該說，只是不順眼而已，能力比較重要，我們何必在乎表象呢？」

沼泥部落地牢

「打開地牢，我是防衛隊長，長老命我來提二位犯人。」

「這……長老命令，除了他親自來，這門誰都不許開。」

「這樣啊，那俺只好對不起你們啦！」

噗噗聲中，守衛一齊倒下，侯健動作極迅速，正要帶著康龍李樵離開地牢，但他們一到門邊，卻同時被一道無形鎖鏈拉了回來。

「啊，這是長老的『拘魂鍊』，竟然在這邊用上了。」

侯健一方面向康龍李樵抱歉，一方面快速趕往聖地，心想長老定是去找小鬼真祖救援了，這戰鬼援兵都相當強，他雖是進化了，但也未必是對手，得趕緊告知主人想個辦法。

真素子正與秘書、晨星、異美人在胃袋空間裡討論著，要等侯健他們回來後，到魂草區域，建立真正的領地，這時在外面的吳缺傳來侯健的消息。

「這樣啊，拘魂鍊是無形的嗎？」

「不是，只是隱形起來而已。」

「嘿嘿，那我們出發吧，吳缺你仍在這等我們，當作接應，如果有遇到戰鬼的敵手，自己看著辦，若打不贏，跑就對了，侯健你的兄弟也留這，你帶我去就好。」

隨後，真素子用了吞噬，長老的拘魂鍊輕鬆到手，人也順利救出，眾人回到聖地集合後，一起往魂草部落去了。

一到魂草部落，郝聰急忙出來迎接，用那兩根草葉，貼著頭顱說道：

「啟稟主人，在下才剛開始招募信徒，大夥兒還不能深信，效果尚未出現，請主人再給我一些時日，一定能迅速拓展集團勢力的。」

「沒關係，也才剛過幾天而已，那現在你這邊部落範圍大約多大？」

「呃，我這兒啊，目前就只有我家一口子。大約只有幾平方丈吧。」

「呃，原來你們是一家算一個部落啊，這異美人說的……唉，真是令人誤會啊。」

「本姑娘現在認為，目前哪邊都不適合建立領地。」

「嗯，想法不同了，是受到什麼刺激了嗎？」

「不是，本姑娘沒必要告訴你。」

「好吧，妳的意思是？」

「戰鬼國度，魔物數近百萬，一隻吐一口水，也能把我們薰死，要立國，得到別處去，離得遠遠的，再來就是集團裡人員嚴重不足，管理、規劃、設計、武裝人力等等，最重要的資金也都沒到位，很不適合立國，所以目前我們最該做的，就是尋找菁英，並且進入遺跡找寶物賺錢賺錢，來強大我們的經濟與武裝實力。」

「哇，秘書，妳應該是進化了！」

「康龍你說，哪個遺跡適合？」

「在下認為，亡靈地下城挺好，我知道地下三層裡的所有路徑，以及進入地下第四層的方法，我們可以直接往地下四層，那裡的區域屬於未完全開發，比較會出現稀有寶物。」

「奴家認為，現在依我們的實力，可能不太適合直接去地下城，畢竟地下城出現近千年了，也才被攻略至第三層而已，現在或許可以遊歷世界，增進我們的等級實力，順便尋找適合的夥伴，終究能找到一處立國之地的。」

「異美人可是遺跡的專家，她說的問題是一定對的。」

「是啊，現在集團長太弱了，根本沒能力好好保護我們，先讓他去歷練歷練也對。」

「不只我需要吧。」

「晨星想說……嗯，在我族部落上方，那一大片森林裡，有一處禁地，應該很適合我們建立國度。」

「飛精部落上方的禁地？那不是夢想園區嗎？」

「是啊。」

「那是生人勿近的一大片墓地啊，看起來好陰森的。」

「墓地……怎會叫作夢想園區？」

「全名叫『夢想終結園區』，這是簡稱。」

「其實，那些陰森的感覺，是我的好朋友在那邊做佈陣實驗做出來的。」

「那裡邊不是恐怖的『屍鬼』嗎？」

「那也是妳的好朋友？晨星妳的交友圈真是廣闊。」

「也沒啦，就是……嗯……就是彼此看得順眼吧。」

「屍鬼怎麼看都很難順眼的說，晨星妳的眼光，會不會是出了問題？」

「不是……他們都很可愛的，我可以帶大家先去找他們，或許能成為家人也不錯。」

「成為家人？」

「對了，晨星在說的屍鬼，究竟長怎樣啊？」

「只要出去看看外面的吳缺，稍微再加強想像一下他現在的死樣子，大概也就是了。」

第十二回

陰陽奇門八陣圖

奇門八卦衍，五行應成真。
天地臨造化，陰陽化死生。

這宇宙造化之天地，本為五行動能所主，其魂性之衍必成變，而成諸多世界之樣貌，其所為之道，水化木，木行火，火進土，土著金，金成水，此其順之序也，或水返金，金回土，土建火，火息木，木生水，此則逆之為也，陰陽相循，順逆成道，其成變皆心主，而為太極之旋，乃成生之奇門，復成死之甲遁，而為八道之行陣，簡曰「五行八卦陣」，而其圖衍，則為「陰陽八陣圖」。

且觀九玄經藏所云：

九天之乾道並九野之坤德，其相契應者，可循機明見，即「魂能衍道玄，數極建心執」是也。

逆時之旋，陣列成變。
八道復恆，絕地永存。

乃曰八陣之列刑。

・以一為元，稱中天，名乎鈞天之位，乃應於中央太極之旋，是為陣列之心眼，權能之所立也。
・以二為生，稱羨天，名乎蒼天之位，乃應於東方震象之壯，是為啟陣之肇始，巨木之刑憤也。
・以三為衍，稱從天，名乎變天之位，乃應於東北艮象之破，是為刑憤之義生，囚土之驅勞也。
・以四為觀，稱更天，名乎玄天之位，乃應於北方坎象之鬼，是為驅勞之心衍，險水之縱疑也。
・以五為成，稱睟天，名乎幽天之位，乃應於西北乾象之亟，是為縱疑之躁禍，刑金之強妄也。
・以六為化，稱廓天，名乎顥天之位，乃應於西方兌象之勢，是為強妄之得喪，依金之執慾也。
・以七為毒，稱減天，名乎朱天之位，乃應於西南坤象之無，是為執慾

之凶業，黑土之幽深也。

・以八為障，稱沉天，名乎炎天之位，乃應於南方離象之恐，是為幽深之禁制，荒火之魂逃也。

・以九為極，稱成天，名乎陽天之位，乃應於東南巽象之豫，是為魂逃之化滅，隨木之陣害也。

這就是人世間自古所流傳之八陣圖，能為自動運行之原理。即如太極造物之道，置魂能以得其變化，是知此八陣，必多亡魂之護守，其能為禁制驅動者，則依循天道，乃復轉其業，並證其能，故成進化，亦得成長，而實為亡魂之國度，是為修真之另一道。

在夢想園區中，進行著這陰陽八陣圖之研究，百年來皆致力於此，由外號「三佈屍」之三位屍鬼，共同協力，算是已快要完成研究並付之試驗了，所以這一區域，幽魂之聲不絕於耳，陰森恐怖，光明不臨，處處充滿著無形又詭異的力量，這自然也就形成了附近部落口中的生人禁地了。

「這邊的骷髏一堆一堆的，怎麼好像擺陣法一樣，這有按吉祥風水方位擺的嗎？」

「喔，聽說是八卦陣來的。」

「真假？八卦迷魂陣？五行八卦陣？還是陰陽八陣圖？奇門遁甲？」

「你說了這麼多，我也不知是哪一個，不過肯定是其中之一。」

「都沒人要來這了，擺那個要對付誰啊？」

「喔，這是我朋友的……興趣。」

「妳朋友喜歡研究這個啊？」

「是啊，他們好厲害的。」

「我們從這邊進去，就不會迷路了。」

「大寶、二寶、三寶，我來了，我還帶一堆朋友來喔！」

「是小飛精啊，這陣子到哪了，這麼久都沒來？」

「我去鬼沼了，先跟你們介紹這是我的真祖，其餘都是我的家人。」

「妳跟真祖定契約了喔，恭喜妳達成願望！」
「唉，我們三個還是獨身啊。」
「那你們要不要也來當我的家人？」
「可以嗎，好啊，妳的真祖願意嗎？」
這三寶說話都一起說，奇特的還很一致，聽起來有些三重音的感覺，雖是屍鬼一族，但看起來還是比吳缺順眼多了，比較之下，真覺得這三寶……有些可愛。
「三寶你們這名字是自取的嗎？」
「我叫他二寶，二寶叫他三寶，三寶就叫我大寶，就這樣叫成習慣的。」
「然後我們自己注意各自的修聆資訊時，那一項稱名就已經填好了。」
「是喔，原來也可以這樣。」
「這由本姑娘說明，這世界魔物要能突破升等限制，才可能自己取名，這代表三寶等階不低，現在有名字要立定眷屬契約，就只能向造物起誓。挪，這是合約，雙方簽一簽就可以了。」
「就這樣？」
「對，就這樣，要進入我們集團，這手續就很足夠了。」

就這樣透過晨星，隨隨便便就收了三寶，真素子與秘書查看了家人數據，才知道這三寶，可不是人家說的三寶，而是等級都已到達五十級的大佬啊！

「難怪沒人敢來這。」

「是啊，說來這晨星，還真是外交天使啊！」

這夢想園區，占地極廣大，從東到西約五百里，上下寬度約五十里，幾乎等同鬼沼全面積，這三寶長居這裡的陣眼，屬於這區域的中心點，雖如同足不出戶，但透過三寶自身強大的技能，整個夢想園區可都是三寶的絕對勢力範圍，這是連戰鬼國度都不輕易踏上的鬼地方。

於是大家開始商量立國，將原本三寶居住的地方，加以增建改造，再經過三位美女的討論建議，將郝聰部落族群也移植了些過來，讓他們排佈在國度向南之外圍，配合三寶陣法，作為第一道屏障。

侯健的部下，也成了真素子眷屬，都留在這幫忙三寶建設基地，另外也找了三處族民，徵詢意願，鼓勵搬來這新的國度定居，就這樣，大家忙活了數月，終於稍見雛型。

因為秘書龜毛的個性，集團總部設置規劃，一開始就依未來需要，事先分為中央辦公區、西方商業區、北方住宅區與南方遊樂區，還有東方的軍事區，而且裡頭路徑規劃，一律不得馬虎，都是整整齊齊、井井有條，各區辦公處與居民軍事駐地，都分類清楚，指標明白，雖然起步時多費了些功夫，但既已成形，總算見到好成果了。

至於三寶研究的八卦陣，則皆完整獨立地設置在各個入口處，這讓整個夢想園區的入口，雖然顯得陰森恐怖，但進入後見到的，就是一片桃園天地，而且重點是沒人帶路的話，根本也進不了這園區。

目前集團發展進度，算是剛剛起步，也沒受到其他國度的關注與重視，這魂靈之森中實際勢力最大的戰鬼，剛結束中土大戰不到一年，還處於休養中，在各國度根據情報，得知魂靈之森北方某新國度發展過了數月，僅有區區百多人參加的這個消息，多數是開心得合不攏嘴，小鬼真祖對於這什麼新集團的，密偵報告立國於夢想園區這點，或許可能會有什麼威脅的，自然是一點了解的興趣也沒有了，理都不想理。

真素子創業集團

佔地：一百五十萬畝。
國民：一百二十七位。
眷屬：一百二十七位。
防衛：甲一級。
安全：甲一級。
水平：癸一級。
組織：無。
城市：村一座。
科技：食衣住行育樂全都為癸一級。
敵對：無。

第十三回

不擇手段

集團建立之後，穩固基礎，擴張領域，這類各式的壓力，在這瞬間紛紛湧上心頭來，立國之前可以自由自在，現在可不容許，發展已達數月，卻僅有百來位國民加入的無敵笑話，與這國真祖只是十三級等階的無能肉餅，早已成魂靈之森各國人民茶餘飯後努力嘲笑的話題。

鄰居的輕視，眷屬的無作為，自身實力的低落，集團發展速度的停滯，讓真素子一下子反應不過來，腦筋亂成一團，想詢問秘書，也僅能得到些不切實際的說法。

「接下來，讓我們四處挑戰來變強吧，再順便把附近的部落拉進集團裡來。」這是真素子目前最想做的事，因為他知道自身的實力太差，對於集團成立後的種種壓力，讓他每天都為了如何變強而睡不著。

問題就在於變強的最快方式，就是要不斷殺戮，這可與他的性子搭不上啊！出洞窟以來，真正被他弄死的，也只有姥姥那隻水龗，還算是無意中的，因為當時不知道姥姥沒能受住，真素子一直想，肯定是那隻水龗太老了，並不耐操的緣故。

每個眷屬家人，好像都挺厲害的，但集團就是沒發展，看啊，幾個月過去了，才搬來一百多人，而且全部都是眷屬，除眷屬外，也沒其他國民了。

唉，缺少行銷組織人才啊。

秘書——是不錯，但感覺好高鶩遠了，都規劃到幾年以後了。

晨星——外交很好，但也沒辦法拓展，用的都是原本的關係，用完後也就沒了。

康龍——挺可靠的，但好像除了尋寶打架外，其他都不會。

李樵——嗯，這傢伙關係應該有的，不是稱作鬼沼導遊嗎，但怎麼跟其他部落的關係都很表面啊？

吳缺——嗯……算了，還是用來打架吧。

異美人——她自帶魅惑是很有利，但只做她喜歡的，除了招攬郝聰一家外，其餘又不積極又不能勉強。

郝聰——是個傳道者，最積極了，但能力侷限在那小地方，唉……應該算可以期待看看吧。

侯健——做防衛隊算是最適合他了，唉，他本來也不專長這行銷的。

三寶——實力最強了，就喜歡做研究，至於期待招攬……一看也知道不行。

「喂，想什麼呢，叫你幾次了，都沒回應。」

「喔，我剛睡著了，正作夢呢，不過這夢很清晰。」

「我說，你應該不太需要睡眠的。」

「是嗎，我都覺得腦袋昏沉沉的說，找我幹嘛？」

「這個集團人數增加的速度，實在不行，得想想辦法。」

「是啊，妳有好方法了嗎？快說說。」

「暫時沒。」

「呃，那妳是純粹擔心囉？」

「算是啊，誰叫我們一組呢，還有你一直停留在十三級，這也很不妙啊。」

「謝謝妳，沒方向、沒目標、沒事件、沒刺激，誰要關注我們啊？」

「所以？」

「我們要做一番大事，博取名聲。」

「做什麼大事？挑戰小鬼？」

「不是找死，是做大事。」

「那是要做什麼大事？」

「還沒想好。」

「唉，真讓人沒信心。」

「一直想總會有靈感的。」

建立一個集團國度，哪能多麼輕易，又不是辦家家酒一般，如果沒有非常手段，沒有極度的誘因，是不能吸引他人來的，更何況是要他們改變現狀去期待不可預知的未來。

人性魔性，都是趨利，無利不起早啊。這要論手段，可就是千變萬化了，要說最實際的，就是用強了，要能最快速，還是用強了，除此之外，就只能慢慢地等待環境變化的時機而已。

若是沒有能力用強，那就該乖乖地，靜心等候，那個有朝一日吧。

先以威勢嚇厲，民懼無安但應行，後以恩澤廣布，民心感戴而循忠。但若順序反過來，可就完全不是這一回事了。豈不聞「一飯為恩，百米飼仇」這些陰陽厚黑之學，字字進了真素子的心裡，不過這裡的唯一條件，就是自身足夠強大，缺了這點，任何計較都是枉然。

真素子思量既定後，針對北方那個看起來最衝動的部落，交代了李樵秘密地去散佈些消息了，真素子稱這計畫叫作「撒網釣魚」。魚餌剛下沒多久，就看到侯健趕來報告了。

「主人，北方住宅區的房子，被那靈性之河中的悍魚，刻意噴水柱破壞了。」

「是嗎？呵呵，總算來了，你繼續注意一下，我去找三寶。」

「北方擺的佈陣，也被破壞了喔！」

「好、好，真好！」

「主人你還好吧？」

眼見一群悍魚，個個有腳有手，只是魚頭，雙手拿一隻大魚叉，噴著口水，不斷地向我這邊挑釁。

「侯健，你去要他們帶頭的來說話。」

「三寶，等等你們就先給個下馬威。」

「怎啦，噴些口水而已，有這麼嚴重嗎？哈哈哈哈！」

「你看我們的佈陣與房子，全被你們破壞了，該怎麼賠？」

「有嗎？哈哈，有需要賠嗎？」

這時三寶幽幽的三重音，齊聲說道：「不想賠，那你們就全得拿命來換囉？」說完，拘魂音已讓所有悍魚都僵在當地了。

「這、這……這三佈屍三位大人，不是早就不在了嗎？」

「誰跟你說我們不在的？」

「嗯嗯，這我來說，這是我要李樵告訴他們的。」

「啊，是這樣啊，我主人說的話，你們也信，真是自找的，現在要嘛投降，加入我們，要嘛就認命見閻羅王去吧！」

「等等，我們願意，我們都願意！」

「那好，請表現你們的忠誠來。」

「怎麼表現？把你們悍魚部落全都招攬到真素子集團，要是做不到，你們身上的幽魂索，隨時可以了結你們。」

「這、這……很難啊。」

「很難嗎？那就去死吧！」

「等等，我們想辦法就是了。」

「嗯，限期一個月，做不到也只好請你們去死。」

「喂，你應該是生病了吧，瘋了？」

「沒啊，我有瘋嗎？嘻嘻、呵呵呵呵！哇啊啊、哈哈哈哈啊！」

「壓力大的人真可怕。」

幾日後，靈性之河的悍魚首領，喬頭領著五百來族人，求戰。

「你又打不贏我家三寶，來戰什麼啊？」

「大家本來相安無事，你平白無故地到這邊立國，我們當然要有所表示啊，現在我們用君子的方式，擂台戰，一對一，首領對首領，誰輸了誰讓步，我的要求是，只要不為難我那群族人就好。」

「你要輸了呢？」

「我這一部落，就歸順你們，但你是不可能打贏我的，你的訊息，我可是看得一清二楚。」

「你有鑑定技能？」

「很高啊。」

「你不是要首領對打？如果不小心弄死你，可別傷心後悔，大寶，上吧！」

「咦，你不是首領嗎？怎麼派他上場？」

「這我需要跟你說明嗎？哇哈哈哈哈哈！」

「用力殺了他！大寶。」

「等等、等等，我認輸、認輸！」

「那認輸該怎麼做？」

「我喬頭部落五百餘名，即日起全數歸降真素子集團。」

「還有呢？你弄壞了我北方的屏障。」

「我願意帶領族民巡守這北方。」

「還有呢？房子損了不少間啊。」

「這我們負責修好。」

「這你部落裡那條河到我們北區這中間，有一段距離對吧，想辦法把裡面所有的遊牧民族都拉到我這來，我要順便將這塊地納入集團版圖。」

「這、這……」

「還有，得定契約，讓你永世不得反悔。」

「好、好的，小人知道。」

你看，就用這招，人口數一下子暴增數倍。

第十四回

五行八卦陣

真素子狠下心來之後，終於取得讓集團總人口數提升數倍的成果，於是開始了一連串極自信的改造方案。

第一項命令，就是成立夢想園區自衛隊，任務是巡防總部區域的安全，並且勸導附近遊牧民族加入集團，不加入者，驅離或者滅除，總之用的是強制手段，威脅利誘一起來，首先僅分二隊。

北區自衛隊——由二寶帶領。

南區自衛隊——由三寶帶領。

第二項成立戰隊組織，主要目的是提升眷屬等級與強化實力，以作為未來訓練國民之重要組織，也是先分二隊。

俠盜戰隊——康龍帶領，配合異美人、晨星、侯健。

幽師戰隊——吳缺帶領，配合李樵、喬頭。

五四三戰隊——領隊的是河童「姚三」，配合他的原班人馬。

第三項成立曲其信仰組織，將大量的眷屬派往各國度秘密招募信徒，這有成果者，會以提升組織職位層級來作獎勵，真素子將這組織稱為「真素宗」。

除了這些確定建置後，更以每月做競賽，實際獎勵以後再說，重點是沒做到，就有相對性的懲罰。

第一項命令初期主要在園區附近的遊牧民族勸降，真素子以吞噬的方法，不願意就把他們吃下肚，這模式，也迅速地造成影響，順利地把所有附近的遊民都遷了進來，少數堅持的，真素子都先把他們關在胃袋中，交由秘書慢慢地教化後放出來，順便締結契約。這模式相當成功有效。

包含喬頭所帶來的五百族民，與這些新加入的遊牧民族，在都已陸續締約完畢後，真素子的等階來到了十八級，而吞噬技能也來到了第八等。就這樣，園區總人口數，來到一千五百名。

而在戰隊成立後，真素子要求他們立刻去遺跡探險以增進實力，一齊前往西北方的洞窟遺跡以做互助，競賽項目是升等級數與速度，而目的是四十級的隱藏職業達標，這是秘書提供的重要訊息，真素子認為這是實力揚升的重要關鍵處。

至於「真素宗」的發展，並不算順利，這本來也就是個嘗試性質，真素子並沒有給這些傳道眷屬太大的壓力。

說實在的，真素子能給的獎勵，其實只有真祖祝福這一項，這是再提供道能也就是魔素的方式，以提升眷屬個別的整體實力，這可算是最實際的鼓勵了。

在這樣的強烈要求與運作下，不到三個月的時間裡，真素子創業集團真正有了質與量的變化。其中最令人滿意的發展，就是眷屬等級平均強化，大都已來到了三十八級，而真素子受益於靈繫加成，也讓自己等階升到了二十一級。

在這一連串操作之下，真素子集團終於成功地引起戰鬼國度的注意。

「啟稟陛下，那真素子集團在夢想園區近幾月來迅速擴張，已經不能再坐視不管，應當趁其羽翼未豐之前，將他剷除，不然未來恐成大患。」

「那個肉腳，能成什麼事？」

「微臣聽得消息，那真素子軟硬兼施，賞罰分明，有組織、有戰隊、有將才，還有那三佈屍的協助，以及夢想園區本身的環境條件，都在在說明了未來必定是一個對手。」

「嗯，有誰願意去處理這事嗎？」

「末將願往。」

「趙將軍，你要多少兵馬？」

「臣只請領三千軍馬，二個月內覆命凱旋。」

「好，朕准了，別大意，那三位屍鬼實力不低，未必便輸於你。」

「末將準備準備，即日啟程。」

這消息，很快傳到了夢想園區，真素子接到了南區前線郝聰的報告，戰鬼國度出兵三千，正經過鬼沼，往夢想園區殺來，領隊的是戰鬼國度「不敗戰將」——血族「趙小青」，等級超過六十，武藝驚人。

「哇靠，這麼快就來大魔王，我們打得贏嗎？」

「哈哈哈哈，放心好了，才來三千人，就讓他們試試剛建構完成的八卦陣吧！」

「不會有萬一吧？」

「嗯，不知道，畢竟剛做好，效果未知。」

「那如果萬一呢？」

「頂多從頭來而已，夢想園區也不可能就被消滅掉，畢竟還有三寶在呢。但要是贏了，你想想，這會是多震撼的消息啊，對我們的名聲一定有幫助！」

真素子交代大家別外出，都躲進園區裡來，準備以逸待勞。

這戰鬼之趙小青，曾聽聞過夢想園區的傳說，只知道是一個充滿陰森鬼氣的地方，來了之後，輕蔑地認為是對方在裝神弄鬼，她在園區外駐足許久，也不見真素子集團領兵來對陣，遂舉長槍一揮，帶兵直接攻進這夢想園區。

入內後，骸骨堆砌成堆，高高地阻隔著前路，一道風嘯又來，陣陣霧氣濃厚，徐徐陰風刺骨，間帶些鬼唱與魂鳴，令人不自覺地煩躁起來，緊接著一道無形巨力，由前方衝撞了過來，先鋒小兵，排排被擊退，身軀較弱的，血肉已經模糊。

受這陣「巨木之刑憒」影響，趙小青指揮的隊伍受到壓制，一團團被困於數丈方圓之空間，左右進退不得，衝撞數次無果，累得軍士精力逐漸消弭，這是進入「囚土之趨勞」了。

戰鬼這三千兵馬，於是群情疑心，整體慌亂了起來，這時時喪命的可能，讓軍心極為不穩，充滿著悲觀恐懼的心情，是已知開始「險水之縱疑」了。

之後有人漸漸產生了幻覺，開始了自相殘殺，這就是縱疑躁禍，屬於「刑金之強妄」，後來情形越發嚴重，三千戰鬼已互相劫奪，殘殺更甚，算是已到「依金之強慾」了。

就在此時天象再變，一整片昏蒙襲來，若無盡之長夜，此「黑土之幽深」更讓軍心渙散，步步驚心，這時之相鬥自殘，自然更加嚴厲，終於有人承受不住，早已不管軍令，四處逃離，這就是已到「荒火之魂逃」這地步，到最後，喪失反抗的心力，見目呆滯，只能坐以待斃，是為「隨木之陣害」了。

這一回，五行八卦陣大顯奇功，將趙小青所帶領的三千精兵，盡數毀於陣中，僅剩百餘名實力較堅強之部將，拘禁於陣內死命掙扎。

這場大勝，不僅激勵了真素子集團之民心，同時也真正打響了真素子之世界名號，這所得來之輕易結果，不僅讓小鬼真祖憤怒不已，也讓其他國度心生怨恨與妒忌，一場更大範圍之戰爭，其實已開始慢慢醞釀升起。

之後，真素子自然也將包含趙小青之內的戰鬼殘兵，統統立下了真祖契約，可算是得到一支真正用於行軍打戰之隊伍，至於未來會如何，已不是他現在所能理會得到的，畢竟兵來將擋，水來土掩，該怎麼做就怎麼做了。

第十五回

致命陷阱

真素子仔細盤算著，自己的實力，得如何才能大幅度提升，以現在的技能條件，除了吞噬魔物外，就是運用真祖契約，這契約終究會到頭，也是不能一直依靠的，之前的複製能力，暫時似乎沒大用處，也就沒有什麼進展，像這樣，真正會產生危機的，必如敵國真正大軍壓境的時候。

「喂，秘書姑娘，妳說說我們該怎麼做才好？」

「本姑娘不曉得。」

「對了，秘書小姐，妳最近好似不像以前活潑了。」

「是的，本姑娘自閉了。」

秘書因為無法提升等級，一直煩惱到現在，想遍了各種方式，也只能依靠唯一的鑑定技能，不斷重複著鑑定，但在集團內已鑑定這麼多人後，除了這技能提升到八等之外，個人等階可是一直沒有進步，她一想著自己這個秘書用處不大時，就一陣陣傷心與難過，索性先自閉了。

真素子了解後，也訴說自己的煩惱，大家問題一樣，想來還是得出去外面多做嘗試，一直待在自家裡是不行的。

在真素子將所有趙小青的部將皆納入眷屬後，等階升上了二十四級，終於出現了新精技火屬性之「天雷」，而趙小青也由血族進化為極少見之「隱梧」，這是極端強化暗殺能力的種族，由此真素子要她跟在身旁做貼身護衛，原本之部隊由她之前的二位副將帶領，就當作親衛隊。

這同時，透過郝聰推薦，花笑子某支部落，藉由他數月努力，終於成為真素子集團之信徒，他將在魂靈之森西南邊陲地帶，開始進行「真素宗」的傳道工作，這位花笑子部落首長，真素子就稱她為「宜娘」。

還有趙小青這隱梧一族，可是有著能將藉身完全藏入影子的天生技能，這與真素子胃袋的亞空間，似乎有著同樣的理道與效用，也就是從影子內創造出另一空間來的方式，這就是能專門做為暗殺與貼身護衛的真正理由了。

話說集團內的三組戰隊，在真素子要求下，各自來到了洞窟遺跡進行著冒險團隊的修煉，其中五四三戰隊在集團基地首次被毀之時，就已自行成立，目前算是洞窟遺跡的識途老馬，其餘二隊都算是第一次來這洞窟遺跡，因為康龍與異美人所熟悉的是地下城，這邊對他們來說，也是很陌生。

康龍與吳缺在姚三的引導下，都在洞窟遺跡附近的「無鋒城」找了旅店住宿，並在這裡唯一的冒險者公會「公平商會」做了登記，戰隊等階皆持木牌。

這世界所有冒險公會統一認定的戰隊等階，總計分為十二等，最初等持木牌，上階第二持鐵牌，第三是骨牌，第四為銅牌，第五白玉牌，第六翠玉牌，第七持黃玉牌，第八為暗玉牌，第九等為銀牌，第十是金牌，十一等持金銀牌，第十二等則持金鑽，是為最高榮耀。

在姚三與康龍、吳缺一行，仔細地介紹這洞窟遺跡內部情況之後，為了盡快達到真素子所給的目標與競賽，一致同意各隊分開行動，完全把真素子所說的要共同協力拋在腦後了。

這洞窟遺跡總分為地下十八層，姚三這一戰隊，在這近年來，也只到了地下第四層，目前等階鐵牌，算是正式取得了進入第五層之資格，但這種資格限制，其實沒有多大意義，算是一種提醒而已。你想挑戰高難度去送死，是不會有人攔你的。

洞窟遺跡是魂靈之森北方接近「飛天瀑布」地帶，屬於「無道山脈」的一環，比地下城晚了二百年現世，目前仍屬於輕度開發的遺跡。這裡面所出現的魔物大約屬於強力魔種，與地下城遺跡都屬於亡靈一屬的不同。

這洞窟遺跡的魔物強度，越往下層，自然是越強，但能掉落的各式寶物道器也就越吸引人，依公會所建議的挑戰等階，地下第一層，一律是三十五等以上，最能保證安全，也因此，這俠盜與幽師戰隊在公會申請時，總是有一堆懷疑或者說是嘲笑的眼光注視著他們。

「這些菜鳥，是準備去送死嗎，等級這麼低，人數也不足，真不知哪裡來的自信啊？」

「你們要不要先考慮幫忙跑腿或者兩隊合併接任務，不然你們這條件，可是很危險的。」這是公會那溫柔又誠懇的小姐，很認真地對康龍與吳缺所提出的建議。

其實這是對於僅有喬頭二十級、吳缺等階十級，其餘平均等階都只有五級的他們，所必然產生的同情。

這世界的魔物，大幅受限於成長的設定條件，一般來說，沒有經過真祖祝福的魔物，很容易在等階五級時永遠卡住而不能再升等，除了極少數因為配合著識核境界，而能自行突破這限制者外，這比如三寶、喬頭、趙小青之類，其實他們都是屬於前世修真有達一定的靈心境界才做得到的。

因此康龍他們這一戰隊，都只有五級等階，比起姚三他們平均三十八等階的，也是差上了一大截。

自信當然是來自於長久不斷磨練出來的技巧，等級真正的差別，也就是在身體素質上，能不依賴身體的強大，而是藉由技巧的熟練來突破環境的一切困難，才能讓靈心境界真正成長甚至帶來更多的進化機會，這是為什麼造物主壓制魔物等級的重要理由。

至於受真祖祝福後，代表著必將參與真祖之國與國的強烈競爭，自然將修煉結果呈現於藉體，以得到更多的勝算與資格條件。

俠盜戰隊中的康龍、異美人、侯健，可都是一等一的好手，除了那天真的晨星外，戰鬥方面的知識與能力，早不輸於洞窟遺跡前幾層的那些魔物了。

根據情報，地下三層之內所出現的魔物，大都為巨鼠、蝙蝠、森蟒、牛頭、地龍之類，有少數金色外觀的，就屬於菁英怪。剛入口不深之處，僅僅是零星出現，再深入就可能遇上一大群。

戰隊組合上，康龍與侯健做雙「前鋒」，異美人與晨星則為雙「輔助」，這是他們熟悉了彼此間的技能後，所做的安排。

康龍之劍斬，屬於連發三擊之技能，有能力對一般命體值與物抗皆低的魔物，達成一式瞬殺，所以專門用來作魔物收割。侯健由真祖祝福進化後，是沼泥特異種之「噬魔」，有大範圍沉滯魔物行動的能力，並將即死魔物吞噬的特技，用來延遲魔物攻擊與減低大群魔物威脅，有很實際的效用，另外巽美人之魅惑，能讓魔物暫時性地互相敵對，晨星的迷夢也能個別地限制魔物行動。

如此配合著晨星的重力球，與侯健、巽美人之雙打擊，就能有效地製造出讓康龍一擊秒殺魔物的機會。俠盜戰隊，在這種合作模式之下，非常快速地將第一層遺跡，探索完畢，僅僅花了半天時間，大家等階就都已來到了十八級。

這種組成戰隊之獲取經驗模式，其實是相當理想的，在這靈繫世界，就是特別鼓勵大家團結合作的世界，所以藉由戰隊組織之契定，在戰隊打倒魔物之所有經驗值，是完全由成員平均獲得的，這樣不違背合作互利的大原則，也鼓勵了靈子進行合作的動機。

至於吳缺幽師戰隊這三人，則以喬頭特有嘲諷技能當前鋒肉盾，李樵負責探偵加輔助，吳缺負責後衛加速殺，這三人雖抱怨著人數不足的問題，還是硬著頭皮地出發了。

不過以他們三人的實力，輾壓第一層遺跡魔物，還是相當順手的。

「進來這麼久了，沒見魔物掉好東西，真是辛苦活。」這喬頭坐在地上，抱怨這工作不值得，伸了大懶腰，向後一仰，背後牆面咿呀地開了起來，沒想到這邊恰好是個隱形暗門。

這門內房間，布置得有些高貴雅致，桌椅什麼的樣樣俱全，似乎是某位貴人居住的隱密場所，特別的是有一個寶箱，就放在中間位置，閃閃發著亮光，非常醒目。

「這邊裝置得那麼舒服，是要給人休息的嗎？這遺跡還真貼心。」

「這是隱藏門，沒幾人能發現的，看來這寶箱就是要給我們這樣有福氣的人啊！李樵快開看看有什麼好東西？」

正當吳缺三人，興奮著期待寶箱的好東西後，一道刺眼的光芒，將他們直接傳送到遺跡的地下六層，這裡的菁英魔物很多，而且平均等級都在六十以上，沒有能力突破這些魔物的追殺，就只有死路一條，這就是對多數新人來說，一個很不友善的致命陷阱。

第十六回

邪師與海士觀勢

吳缺三人，被傳送到的地方，非常寬廣明亮，視野相當遼闊，遠遠望去，甚至有著形似山峰與瀑布河流的地形，絕對難以想像，這會是地底下的世界，感覺上前幾層的甬道，只是來到這遺跡的通路，這兒開始才是這遺跡真正的區域。

「這邊太奇怪了，簡直就是另一個世界，我們會不會已經不在洞窟遺跡中了？」

「不，根據我的鑑定，這邊就是洞窟遺跡第六層。」

「第六層？這層的怪跟前面差不了多少是吧？」

「不，讓你失望了，這層的魔物平均等階在六十級以上，有些菁英怪高達八十級。」

「那我們豈不是得送死？」

「大概率是。」

「你鑑定的資訊上還說了什麼？」

「有，就剩這一句『祝你們好運』。」

「喬頭，你是不是受驚嚇了？」

「沒。」

這等級差得多了，硬拚就是死路一條，只能動腦筋了。樂觀點，這也是提高等階的最佳機會，說不定有機會超越五四三戰隊那一群的等階。

吳缺與另二位鼓勵了一會，開始了他的計畫。

就是沿著魔物不太會出現的洞窟邊緣走，盡量低調地找出口，安全地回到前幾層。不然待在這，危險度會越來越高，畢竟這邊看起來挺明顯的，一點也不隱蔽。

「喬頭，你維持現在這模樣挺好，不然你每次說話都太大聲了。」

「李樵，你用爬的，稍嫌慢些，可以的話還是用走的。」

「那吳缺你呢，你正在幹嘛？」

「我沒腳，用爬的很正常。」

「你那是蠕動吧，我雖是用爬的，但也比你快些。」

「好啦，大家就都小心點，才能不出意外啊。」

讓吳缺他們沒想到的是，雖然想低調隱密地爬到出口，但是吳缺身上那超級亮眼的反光，早吸引了一隻菁英怪的注意了。

這是一隻稱為「魔牛」的菁英怪，手持雙巨斧，虎背熊腰牛頭，帶著一條長長尾巴，體色純黑，油質發亮，隱現金光。等階八十二級，命體數值高達十五萬，這隻魔牛的雙眼印堂處，強刻了兩道刀痕，一看就知道久經戰鬥歷練，是菁英怪中的菁英。

其實吳缺如果快速移動，身上的反光對於這魔牛也只是一瞬間，還不至於讓這隻正在睡著午覺的魔牛注意，是因為這反光一直干擾著他的眼睛，才讓這魔牛發現了他們。

這沒睡飽的起床氣，任何動物都有的，魔牛一被弄醒，脾氣跟著就上來了，拎著雙斧，兩腳一蹬，就朝吳缺他們殺了過來。

「這、這這……死神……這麼快就來了……」

「哪有死神？」

「那隻眼睛瞪得老大的不是？」

「真小氣，我們都這麼低調了，還來找麻煩。」

「怎辦，打得贏嗎？」

「要不，我用嘲諷？」

「喬頭，你真偉大，但這是沒用的。」

「別、別想不開了，我們還有機會的，他塊頭那麼大，不知道附近有沒有小洞穴。」

「我放個領域試試。」

吳缺擺好態勢，張嘴微笑，然後拋了陣陣媚眼給這魔牛，說來也怪，沒想到竟然真的奏效了，原來這魔牛雖然物抗極高，偏偏就是魔抗低，而且還怕毒，這下子，三人已打從心底爽了起來。

「吳缺，你這領域可以牽制他多久？」

「很久，因為我升級點都上智能了，我是想轉行當法師的。」

「那打下他應該沒問題，我們就這樣耗死他。」

看這隻魔牛，獨自拿著雙斧揮舞，好似與一群無形的對手打架一般，吳缺在一旁吐著毒霧，李樵也放火球，喬頭用的是冰刃。

漸漸地，魔牛在無真幻境之中，正與自己仇敵對戰著，雖然莫名其妙，但很氣這仇敵跑來為這三人出頭，二話不說，一陣雙斧輪砍，對方也不示弱，感覺用刀用槍又用針的，隱約間還覺得這仇敵大放臭屁，薰得他昏昏沉沉的，差點都要嘔出東西來，恨得牙癢癢的，破口大罵起來。

「哇，這魔牛王罵人的詞彙還真多，有不少是我沒聽過的。」

「呿，我們可是文明人，哪像他們這些原始魔物啊。」
「他應該叫的聲音沙啞了，都覺得有氣無力了。」
「是快死了吧，我看他命體數值，已快歸零了。」
「看來吳缺的毒，果然不同凡響。」
「哈哈，你們的冰火二重天，也是不賴。」
接著，三人迎來了勝利這一刻，可憐的魔牛，都不知道自己怎麼死的，也就睡個午覺而已，竟搭上自己的性命，從此這第六層的菁英高手少了一隻。
叮咚聲不斷傳來，真是悅耳，三人此時的心情，別說了，就是舒暢。
吳缺與喬頭等階，同時快速地躍上了四十級，李樵也來到了三十八等。接著這明確的系統資訊，提示吳缺與喬頭已到達轉職要求的重要消息。
「根據你成長的經歷與作戰方式，分析之後參雜了太多的運氣，所以提供你一種極特殊的隱藏職業，屬於智能與運氣的極端強化版，名為『邪師』，不知您是否接受？」
吳缺一聽這邪師的職業稱號，對於前面的理由描述，是一點也不關心，很直接地答應了。而喬頭則是選擇了「海士」這專長於水域的職業，這與他進化後的種族為「鬼夜叉」有著重要的關係。

這兩人重要的相關職技，邪師為「魅毒領域」，海士則為「漩渦」，而李樵雖未能轉職，其精技也有了新的變化，多了一個「感知」這技能，這是能預知危險接近的重要神技，造化系統算是貼切地呼應了他的個性與戰隊裡的探偵職位需求。

吳缺檢視了魅毒領域這新技能，發現了極大用處，就是可以將一群魔物，如同打魔牛一般，集中於這領域內毒殺，這發現，使這三人戰隊，瘋狂地在這層中，四處搜括，竟使他們在短期之內，平均等級來到五十級左右，而這魅毒領域也到了第五等境界。

李樵透過感知拉怪，喬頭運起漩渦嘲諷，吳缺用領域慢慢毒殺，三人這樣配著，玩得不亦樂乎。對了，李樵也轉職為「觀勢」，相應的重要職技為「千里眼」。

在三人不斷提升等級境界的同時，真素子也因靈能識核通道，而提升了不少經驗，最特別的是，真素子也同時學得了吳缺這隱藏職業的專屬技能「魅毒領域」，這與他的天雷以及腐蝕，似乎有極大融合的可能性。

在真素子為這些不錯的消息興奮期待之時，南區軍防部郝聰又傳來了令他吃驚的消息，戰鬼國度已集結了十萬軍馬，準備大舉攻下這夢想園區。

第十七回

金蟬脫殼

十萬數量的戰鬼大軍，必然能將夢想園區四道入口團團圍住，入口處的八卦陣，用的是骷髏擺成的，可無法抵擋這樣的數量，真素子與園區內的三寶以及趙小青、秘書商量過後，決定大丈夫能屈能伸，準備投降也就是了。

但在投降之前，他將園區裡所有眷屬，依照他們的技能與適性，全部編組為冒險戰隊，要求他們各自獨立發展，因為真素子相當清楚，在這戰鬼的領域內，是無法真正求得安定的，只因為他的實力包含眷屬，普遍都太弱了，前面派出去的三戰隊，實施效果非常令人滿意，所以就根據這個經驗來推展，這樣才有可能期待未來。

同時真素子運用心識傳音，要在外面的所有眷屬，都先自行在外發展，不用管園區之事，等到集團真正能穩定下來之後，到時就會招集大家的。

這樣等同於在外流浪的真素子眷屬，高達一千五百多位，而組織的戰隊，也高達了三百之多，這種做法，造成了後來冒險戰隊演變成戰團的情況，這算無心插柳柳成蔭的事，也為後來真素子真正立國之後，提供了相當大的幫助。

於是這戰鬼大將，看到一隻圓圓的，長著一隻大眼睛的肉球，上面插著一支白布旗，慢慢地移過來了。因為不能說話，真素子只好用這招。

「看這低等魔物的樣子，是要投降吧？」

「哈哈，沒想到這東西也有長腦子！」

「主上太高看他了吧，還派我們來。」

「之前那位號稱不敗的趙將軍失手，讓主人謹慎了，還以為這魔物挺強，沒想到竟是輕鬆解決。」

「那我們要接受他投降嗎？」

「必須的，不費一兵一卒，對我們的實績考核有很大幫助。」

這戰鬼為首兩員大將，一個是雷豹一族──「高興」，一位是暴猿──「史煥」，在戰鬼位階少將，與趙小青之前同位階。

這兩人皆狂妄自大，好大喜功，但其實沒什麼本事，倒是他們所帶領的副將中，有一位玄象一族的「武岡」，實力可稱上等，只是加入戰鬼不久，為人不懂經營，所以不受提拔。

兩位少將接受了真素子的投降後，留下二千兵馬，將夢想園區交給武岡處理善後，帶隊回國報功去了。

武岡正要將園區只剩空殼之事，告訴二位領將，卻早不知蹤影，只好再派傳令兵回國稟告小鬼真祖這事，以武岡之推測，這真素子留個空城給陛下，自然是將原本的人民解散，分到四處去了，能這麼做的只有一種可能，就是所有的國民皆是眷屬魔物，皆有獨立生存的能力，若是如此，那真素子這位真祖可不能留下，不然未來必成後患。

真素子倒沒想過小鬼真祖可能殺了他以永除後患，只是直覺上認為自己那麼弱小，很容易就弄丟性命，所以能作為預防萬一的，都事先準備起來，這當然包含如果需要逃命該怎麼辦的這問題。

因此他要求所有眷屬都去當冒險者，唯獨留下三寶與趙小青，這就是預防萬一的好方法，三寶本身實力就很強盛，會打消大部分敵人的壞心思，若是別人要用暗的，有比三寶更強的趙小青在身旁，自然萬無一失。

在夢想園區的真素子創業集團投降了戰鬼國度之後，這消息可是迅速傳遍了整座魂靈之森，小鬼真祖為了預防以後類似真素子所造成的麻煩，要求魂靈之森眾獨立部落，要嘛表明投誠於戰鬼的意願，要嘛準備面臨滅亡。

所以包含了巨鼠、水鼉、森蟒、魔狼、黑影、渦虫、魂草、飛精、悍魚、鬼人、蜜蜂、金甲、天使、花笑子、屍鬼、獅蟲、血族、樹怪等一眾部落，甚至包含了巨蚓國度與鬼火國度也一併選擇加盟於戰鬼，直接成了戰鬼之附屬國。

這直接造成了魂靈之森的大一統，使戰鬼國度之勢力再度向上提升，國力排行一下子躍升至世界前五名。

另外小鬼真祖為組織規劃方便，將魂靈之森所屬部落，區分為六大軍區，其中以北區之「夢想軍區」，由真素子領導，並派常駐兵力五千由真素子指揮。

主要任務就是負責北方防禦任務，當然除此外還包含了勢力的擴張，這目標所指，就是魂靈之森往北的疆域了，也就是「雄古高原」這一片眾魔之城。

在戰鬼國度之軍區分配作業完成穩定之後，夢想軍區接到了首次軍事命令：「進攻北方某一常備軍力達五萬之國度，不要求真正攻下，但要能達到騷擾對方之目的。」

這可是明擺著借刀殺人，真素子雖是外表樸實單純，但內心其實挺清楚。十日之內就要出兵，違令者依國法處置。

「喲，這還真是嚴格啊，這下要我往東，就不能往西了，我算是徹底被這小鬼奴役了。」

「團長，末將認為，直接逃離就好，只要我們遠走高飛，小鬼真祖勢力再強，也奈何不了我與三寶的。」

「小青說的有理，我們也這樣認為。」

「我想來想去，還是先去看看那一個目標國——『烏鶻』後再說，畢竟小鬼真祖要我帶兵，我得好好利用一下，最討厭被人家當棋子耍了。」

真素子打算，帶這五千兵馬，直接就投誠烏鶻這國，自己看看狀況，想溜再溜，這樣可以好好地氣氣那位小鬼真祖，也能慫恿烏鶻這國，讓他兩國互相不爽起來。

真素子的副將就是武岡，這是他長官的安排，他上次特別派了傳令，要告知小鬼真祖真素子這問題之後，高興與史煥就將他視為眼中釘，趁真祖要除掉真素子時，也順便找了武岡去陪葬。

真素子一眼就瞧出這武岡被人拋棄的命運，想著自己的打算，實在是打從心裡同情他，雖然這武岡對他，總是愛理不理的那個古板樣子。

第十八回

迎合時勢

北方臨接魂靈之森的整片荒原，一直到古戰場，這一整片全是草原與矮樹叢之廣垠大地，統稱為雄古高原，這地方布滿了大大小小數百個國度，其中以「烏鵲」這國度最接近真素子這夢想戰區。

這烏鵲也就是小鬼真祖給真素子的第一項任務。

人口數五十萬餘，常駐軍力五萬，後備增兵可達三十萬，幾乎可以算是一個全民皆兵的國度，這是飛鷹真祖所建立的國度，與戰鬼國度本就長期處於不和之情況，這戰鬼要真素子以五千軍力去打烏鵲，說白了，純粹就是挑釁而已，打不贏真素子送死，除掉了一個可能壯大的心患，還可以將責任推給真素子，做很美好的切割。萬一意外打贏了，雖然是不可能的，但也正好了卻兩國多年的恩怨。

這烏鵲真祖，實力可稱頂尖，底下眾將雲集，各個驍勇善戰，真素子這送死的任務，小鬼不容真素子好好考慮，一道道軍令，早就催促威脅著真素子立即行動。

這真素子衡量後的想法，就是帶著所有小鬼給的家當，全部投誠這烏鵲國度，這可是最好的選擇了，這烏鵲成了真素子投奔的第二國。

與這同時，真素子也拐了蜜蜂部落，一起跟著投奔過去了。

這消息也很快就傳至戰鬼國度，氣得小鬼真祖在殿上猛爆脾氣大發雷霆。

「沒想到這團下等的肉球竟敢這麼做，我這面子裡子可都輸了！誰……有誰能去幫我……去幫我要回來？」

「稟真祖陛下，屬下書信一封，管教此事圓滿，讓烏鵲真祖將真素子的腦袋擰下來送還戰鬼，並原原本本地把那五千軍士還回來。」

真素子在整兵出發前夕，以夢想軍區大將的身分，見了鄰近的蜜蜂部落，將小鬼真祖準備殺掉他這個政敵的計畫，一五一十地告訴了蜜蜂部落酋長。

真素子跟酋長說，我若真被弄死，接下來小鬼真祖要處理的，就是你這位可能的政敵了，畢竟蜜蜂的能力特技眾所皆知啊，你看戰鬼國度不是一直都不敢對你們下手嗎？這證明了小鬼真祖正忌憚著你呢。

現在我打算舉兵直接投降，這樣至少在那一國，我還能求個溫暖，但如果輪到你們，恐怕是難以做到投誠的，因為這一國正是飛鷹真祖的國度，你蜜蜂的天敵之一，不可能給你們留活路的。

這一番話，說得蜜蜂酋長心驚膽戰的，急忙問了真素子該怎麼辦？

「眼前一條明路，就看酋長肯不肯下這決心了？現在跟我一起走，結果就會不同，畢竟若已成為同一國，就沒必要打打殺殺了，你說對吧？」

真素子就這樣說反了蜜蜂部落，憑他那三寸不爛之舌，這秘書心裡，到現在還是覺得非常訝異。

至於為什麼特別去說反蜜蜂部落，說來真沒為什麼，只是真素子突如其來的心情罷了。當然也想順便試試，他到底是不是真算無能？還有在運用自己的條件上，算不算能有些許影響？這算是真素子不顧他人死活的一道違心嘗試了。

這世界的規則裡，我們都可以善良，但必要有強大的實力，否則只會被玩弄與吞噬，這是真素子一直體會的道理，在實力未竟安定之前，任何心理中良善的拘束，都是實力進步發展上的阻礙，這對於他有著必要立定國度的重責大任來說，更是。

所以真素子正在學習的，就是做一個冷漠不雜情緒的下棋手。

「這真素子的危險性真有那麼誇張嗎？」

「據各種情報指出，的確是非常危險的人物，勸陛下早做決定，永除後患。」

「確實消息指出，真素子在各國度都派了眷屬臥底，說不定本國內也免不了，這些臥底本難以根除，但目前他們的真祖在這，只要除掉真素子，這些內憂自然一次解決，另外請陛下看看這情報。」

「那一群跟著來的部隊，整整五千名都是他的眷屬？」

「這……據屬下了解，的確也是實情。」

「殺了降兵，別人會說我不仗義，把那五千軍士打發回國吧，另外找真素子來，預備刀斧手，他來時就拿下，砍了。」

真素子悠閒地在御花園中賞魚，三寶緊急來報，要他趕快逃離，那國王已派人來取他性命了。

真素子有些意外，但逃命為要，遂與三寶、趙小青一路往西，往著「西露星王國」方向去了，一路上逃出近百里的追殺，終於進入西露星王國，在一番巧言陳述之後，西露星王國意外地竟接受了他的投靠。

這之後，真素子的名聲漸漸響亮了起來，一瞬間投奔了三家國度，所有人除了眷屬外，都已瞧不上他，更有人落井下石，稱他是不仗義的家奴，戲稱他為「三姓家奴」，從此真素子這名號，也就這樣固定下來了。

真素子內心仔細地思量，對這陣子的重重挫折與遭遇，認真地做了一番深刻的檢討。

「唉，其實這些人哪裡懂我，我不降不逃，難道坐著等死嗎？真是不懂得體諒他人，現在人最喜歡出一張嘴了，誰管你的苦衷，看你落衰，大家都恨不得趕來補上一腳，牆倒眾人推才是正常的，幻想那雪中送炭，你還是醒醒吧！」

「這世界都一個模樣，只有自己強大了，罵名也變好聽，放屁也變沉香，這就是真理。」

「那些講道德良知的，其實多數都是難以成功的人，你現在要想完成造物任務建立國度，單靠善良有個屁用？不搞權謀，想都別想！」

「唉，我知道的，太早立旗號，成為眾矢之的，是我愚蠢了。」

第十九回

生死修煉

「你說三姓家奴喔，就是那個無能的肉球啊？」

「人家交付重任，要他去打敵國，沒想到他竟帶著全軍投誠，哼，真受不了這種吃裡扒外的傢伙！」

「要我遇到，見一次打一次，都不消恨！」

「就是，一點義氣也沒，還是個真祖呢？這老天爺也不長眼睛囉！」

「聽說又投奔到西露星去了。」

「這也才沒幾日，這麼快又背叛人家了喔？」

「是啊，好心收留他的真祖，現在應該也悔青腸子了。」

「難怪喔，稱他是卑賤的奴才還真不為過。」

「不知道下一回又要投奔到哪一國度去？真看看他能創造怎樣的紀錄？」

「呵呵，雄古高原一百多國，那種人的去處可多了。」

「怪的是，那麼無能的真祖，是怎麼活過來的啊？要是我，羞都羞死了。」

這些是目前到處聽得到的閒言閒語，三寶隨便摘錄給真素子看看的，真素子聽了，有些氣悶，他如果繼續乾坐著，笑也被笑死了，但究竟也對不起三寶這些眷屬了，更何況他的眷屬也不少，想想支持著他的晨星、吳缺、康龍、異美人、小青等等這樣就好了。

於是真素子不理會眾人嘲笑，下定了狠心，要進行真正的——「修煉」。

「若沒有通關，這輩子就不出來了。」

「嗯，憑這點，我支持你，嘲笑你就是嘲笑我，本姑娘可受不住那種輕蔑的眼光，什麼三姓家奴的，要讓他們都睜亮著眼後悔。」

據三寶說，四十級是實力強弱的關卡，且至少越過百級，才有資格與強者較量，再從眷屬傳回的情報來說，這洞窟遺跡要通關，可能至少也要百級以上，所以達到這百級等階就是我們這回修煉的終極目標。

根據使用技能，就必定產生經驗值而升級這個設定，秘書一直無法升等，可能最大原因在於，她使用鑑定技能的對象，一直以來除了最初晨星那幾位外，其餘鑑定的全部都是眷屬，這很有可能因眷屬是與我靈繫的條件下，而讓祕書得不到任何經驗，縱使鑑定技能提升也是如此。

那只要讓她去鑑定遺跡中的魔物就行了，這是真素子認真為秘書的升等問題，仔細思考後的結論。

從現在二十四級到一百等，我們要有長期奮鬥的準備，總之，就一層一層來吧，這洞窟遺跡，剛好地下十八層，從頭打到尾就是了。這一天，真素子留下三寶協助進行他與西露星王國的交易，帶著趙小青作為保險，兩人組隊往洞窟遺跡出發了。

進入遺跡，除了得在公平商會登記外，也需要繳交一筆金錢，這是小鬼真祖的新規矩，目前戰鬼已全面將魂靈之森，視為自己的領地，自然這些要求就變得更多了。

這些由異美人貼心地幫他完全辦理了，得到一塊木牌，上面註明了「三姓家奴戰隊」，這是真素子用來提醒自己的方式，如果以真素子的目標設想，這名字就是最適合不過的了。

真素子是恰好遇到康龍他們，他這「俠盜」已是這裡知名的白玉牌五階戰隊，除了原本四人之外，又多了三位成員，在這三位的要求下，也與真素子立定了契約，這讓真素子低落的心情，終於有了一些正向的鼓勵。

進入了第一層甬道，往來的新手冒險團也不少，但只有真素子看起來就是孤獨一人的戰隊，多數知道三姓家奴的，大都鄙視著他，還有些將他當作遺跡魔物，各種招式法術武器，全都使勁地往他身上招呼，也不知是真錯認了，還是故意的。

這些真素子可不做客氣了，一一回擊，有的甚至強迫對方做了眷屬，讓這些無知者，徹底做了思想上的改造。

這些強迫立為眷屬的，可不隨便，真素子要秘書先鑑定後，覺得有價值，而且沒有真祖契約，才會對他們進行改造的，事實上真素子也想用這方式，證明一下自己的推斷，果然就在這樣的情況下，秘書等級，終於提升了。

這個進步與發現，讓祕書整個心情滿血復活了。

這真素子最熟悉的就是吞噬技能了，只要他吞得下的，基本上都是他贏了，有一回，他發現了一隻小魔物，金光閃閃的，但吞下去之後就一直覺得想吐，這可是他出世以來還沒有過的感覺。

這感覺從一日數次，到後來也就慢慢不見了，不過使得真素子這陣子沒辦法進行吞噬技能，就在這想吐的感覺徹底消失之後，真素子感受到身體的異變，等級上升到了二十五級，而秘書也在不斷使出鑑定技能之下，升到了八級。後來真素子發現，只要是金色閃閃的魔物，都會令他想吐，而且經驗值都很高，所以他都特別注意那些魔物，直到都沒再發現了，才進入第二層。

來到地下二層，已經沒有那種可以一口吞噬的魔物了，這裡的魔物體型都較為巨大，真素子運用起剛剛升等新職業「異魂者」獲得的技能——一級「化魔刃」，這是運用魔素，讓身體周遭形成魔刃的方法。

真素子將身體貼近魔物，然後腐蝕、天雷齊放，再用魔刃割死對方，起初挺順利的，後來遇到某些皮粗的，就吃了鱉，後來經由秘書建議，想辦法跳進魔物肚子裡，不管是要放毒還是放血，都適合了，就這樣過了第二、三層，等級也來到二十八級，秘書也終於升上十級了。

在秘書達到十級之後，終於出現了她的第二個專精技能——火屬性之「奪技」，這是鑑定等階滿九等並配合等級條件衍生出來的，能在鑑定完整的情況下，有機率奪取對手的其中一項技能，這讓對手暫時不能用此技能，但自己可以隨意地運用。

秘書這奪技包含了封印與複製，絕對是屬於神級的技能，這其實也歸功於鑑定滿階才能衍生的，到這，秘書從前只鑑定不能升等之心情，總算是徹底解開了。

在第四層開始，魔物已都屬魂體之類，這恰好讓真素子這異魂者的另一項職技──「問刑之雷」與之前從吳缺身上得到的「魅毒領域」，有發揮的空間，問刑之雷是直接將魔物煉化成魔素，只是攻擊範圍較廣，威力甚弱，真素子一直配合使用魅毒領域，也算是有了不錯的效果，最後將技能等階升到五級之後，真素子才感受這二項技能威力上的徹底質變，這自然令真素子修煉的速度加強了許多，再往下到第五層，皆是以這問刑之雷與魅毒領域掃除所有阻擋之魔物。

到了第六層，這是之前吳缺三人被傳送到的地方，魔物平均等階六十級以上，菁英怪高達八十級。

這時真素子等階才來到三十一級，以他挑戰了前五層所有魔物，卻只有升了七級來說，這種速度太慢了，其真正原因就在於等階已達六十四級的趙小青也是隊員的這層關係，這是登記戰隊時所做的契定，異美人並沒有特別告知真素子這些，理由是怕真素子想不開，真讓他獨自去遺跡，是真的很危險的。

但是到了這層，趙小青可就需要出來幫忙了，之前是真素子堅持不讓她出手的。

趙小青的職業「堪敵」，是戰隊最強的前鋒，嘲諷、生命之光、震懾、蒼龍技，都是做為前鋒之最佳組合技能，真素子與秘書要做的，就是完全的後衛輔助，在趙小青吸引魔物攻擊時，真素子藉由腐蝕、天雷、化魔刃等幫忙削減魔物命體，而秘書則藉由奪技，大幅減低魔物的威脅性。

這種協力的方式，自然是越用越熟悉，在第六層與第七層都很少群怪的情況下，很順利地推入到這遺跡的第八層。

此時，真素子等階終於升到了四十，而秘書也來到二十等。曲其真祖之真正實力，從這時刻起，正式覺醒。

真素子轉職為「噬魂者」，原吞噬能力進步為「幻噬」，這是用魔素極度增長涵蓋範圍，只要被這魔素涵蓋如同吞噬之功能，這讓真素子開始能吞噬大型之魔物，另外職業技能出現二種，第一職技「攝魂」是能直接奪取識核，有機率達到即死術的效果，第二職技則是神技「御形」，這能將瀕死魔物直接復原並且立定契約成為眷屬。

而秘書之技能，在鑑定與奪技皆為滿等的條件下，又再次衍生了一項新技「統合」，這是能將不同屬性技能，統合成新技能的一種造化技術，這剛好能讓她用來整合從魔物身上奪來的各種技能，而在真素子的建議下，秘書試著將天雷與腐蝕做統合，在試過多次之後，成功地整合為「黑雷」，這是有著腐蝕與雷擊的雙重效果技能。

這樣，真素子範圍攻擊已有三種，魅毒領域、問刑之雷與黑雷，都是極具殺傷力的範圍技能。而近身攻擊，則有化魔刃與腐蝕、攝魂、御形這四種。

就這樣，真素子、秘書與趙小青，在這種極致技能的條件配合下，於洞窟遺跡內不斷修煉，半年之後，真素子終於來到最後一層，洞窟第十八層，「鬥魔之領域」。

這一層，只有一隻魔王鎮守，別無其他，就像一座上古宮殿，布滿了蔓藤與青苔，獨立在這群山之中，真素子推開大門，只見一全身穿著金色盔甲的魔物，孤坐於王位之上，身旁佇立巨劍，漆黑到反著亮光，見他來到，漆紅的雙目，瞬間揚起了神光。二話不說，執起巨劍，就往這入侵者——真素子砍了過來。

趙小青挺身擋住，卻直接被撞飛了出去，這一下，真素子赫然發現，這魔王與前面十七層所有魔物，絕對不在同一個層次，這可是真正的生死難關了。

第二十回

鬥魔

根據秘書的鑑定，在這鬥魔之領域裡，魔王的資訊，一律無法呈現出來，看這外觀，只能先判定為高物抗、低魔抗，真素子這時已變形為「天使」，飄在高空，剛好是這魔王暫時殺不到的地方。

「幸好在前面幾層熟悉了模仿這幻形能力，不然剛剛肯定就被秒殺了。」

「是說這魔王打不到高空，是技能問題還是設計者疏漏了？」

「不知道呢，搞不好是還沒反應過來而已，畢竟他這宮殿，也不是有客人常來。」

「總之我先弄個分身，買一下保險。」

真素子要趙小青暫時到亞空間去，對於這魔王，她的技能好像被克制住了，很難發揮作用。接下來吩咐秘書，一直嘗試奪技看看，不知能不能成，但說不定會有意外收穫。

然後真素子首先嘗試了攝魂，這有點投機心態了，反正如果一試功成，就能省下很多麻煩的，不過事實證明，魔王可不是讓人叫假的，其實他也有試著御形，總之，這個他自己都覺得不可能。

再來以全身都是金屬武裝的對手來說，那腐蝕應該是最合用的了，若扒掉魔王這一層外皮，說不定裡面就是弱弱的寵物了。

在真素子想到用腐蝕的這一瞬間，他感覺上，這魔王挺期待他這麼做的。

「難道他能知道我的想法？還是純粹我想多了？」

不過現在那雙赤紅的雙眼，似乎寫滿了期待，真素子開始認真思考是不是用了腐蝕，反而會適得其反？

要說這真素子的心思，是越來越細緻了，嚴格來說是小心過了頭，這應該與他這一陣可笑的遭遇有關，不過一直以來，他觀察後所得到的直覺都很準，這事實，有時也不得不承認的。

「若不能專用腐蝕，那就只能用那個了。」

話說這秘書私下將黑雷與魅毒領域、問刑之雷，三種範圍技重新解析整合成——「忘川河」後，真素子的遠距攻擊，就只能用這技能了，當時祕書很得意地跟他炫耀時，還被真素子罵了她好幾回，因為這樣，他可就沒得選擇了啊。

若依他之前的技能，就能一項一項試驗，但現在就只能用忘川河了。

現在這魔王就只盯著他也不打，他也不敢下去，這樣耗著，若魔素沒了，他也就該完了，所以最好的方式，還是先送這位魔王，目前唯一範圍技「忘川河」試試了。

這忘川河一施展，果然是天地變色，這是融合了領域、幻境、魅惑、腐毒、雷擊與稱為「返無」之化形等強烈技能所形成。

魔王腳下，開始出現了一朵朵血紅色的「彼岸花」，接連開至無盡的邊際，一條泛著血光之魂河，從這魔王的眼中，逐漸由幻象變為清晰，察覺之時，已將一身浮沉，天際之雷雲密布，若時光飛逝身影，由遠而近，幾在瞬間，洶湧狂怒之奔雷，可不留一絲生機，漸漸發現魂河之血，早腐蝕了一身，剮肉拆骨，竟不遺半分。

此時再見仙樂飄飄，趨離鬼唱，挽手垂霞，欲將救助，若意識有亟，此心成剝，則魂識從之，復遭吞噬。

真素子關注這忘川河對魔王的效果，發現魔王身上的黃金甲，已逐漸崩裂，就連手上那柄巨劍，也呈現了消融，正想如此，只要堅持下去，這魔王遲早得讓他收拾了。忘川河首次運用，真素子沒想到這效果竟然這麼的逆天，難怪秘書當初這麼高興。

「我得好好跟她道歉才行。當時真是太唐突無知了。」

就在黃金甲已消融完畢，露出魔王真身之時，真素子聽到一陣陣鬼桀的怪笑，這聲音忽遠又忽近，就像縈繞耳旁，總之趨之不盡。

「這可有多久時間了啊，自從被那人用這身黃金甲封印後，至少也有千年以上了吧！你這技能很不錯，本座相當欣賞，告訴我它叫什麼名字，是如何造出來的，我可以開個特例，讓你死得快樂舒服一點。」

真素子心想，這下可完蛋了，真悔恨這直覺那麼準，沒想到一番工夫，竟是幫忙打破封印，把真魔王給放出來了。就在真素子還在後悔之時，一隻手指已抵住了他的咽喉。

「說吧，給你五秒鐘考慮。其實我還滿想自己研究看看的，只是還得探你腦識，稍嫌麻煩了。」

這鬥魔是靈繫世界上古神魔混戰時期，橫行全界九大眾魔方域，遭到神魔圍攻的——魂執七衍罪之一，鬥魔就是代表「執傲」之強金。

這鬥魔生性極端傲慢，目空一切，殘忍理智，軟硬不吃，研技好鬥，從不服輸，只要戳中他的興致，必要論到輸贏方可停止，真素子原本就已偷偷將分身與趙小青隱遁了，在已不擔心忽然被弄死的情況下，大膽地與這鬥魔設計了起來。

「這技能叫忘川河，是我秘書的傑作，想知道是怎麼創造出來的，得讓我秘書來跟你說，但祕書長在我心裡，若要她主動說出這秘密來，你就得跟我賭上一回，順便提一下，若我死了，秘書就不存在，你想探聽腦識，門兒也沒有。」

這魔王聽真素子說得這般自信，也不見害怕，這倒真讓他好奇起來，毫無表情地問了真素子什麼賭注？

「我有蒐集魔物技能的嗜好，從第一層到第十七層的魔物，他們所運用的技能，你能知道得比我多嗎？」

「那些低等魔物的技能，本座是不屑於使用的，但只要你使得出來，我就能說出技能的特性跟名字。」

「若是不能呢？就這麼自信？」

「若有一項差錯，我留你性命，但若你輸了，不僅要將忘川河的技能方法講清楚，而且也得做我永世的奴僕。」

真素子這招，的確是戳中這鬥魔的興趣了，這執傲號稱鬥魔，就是沉迷於技能變化之執魔，他早在千年前，就把多數魔物的技能研究得徹徹底底了，甚至連真祖契約技能，也嘗試研究試驗過。對於真素子所提賭注，自然不暇思索地答應了，其實他也知道真素子聰明得很，不會想與他拚搏實力的。

「哈哈，既然你這般自信，我提一個條件，你應該也不至於不敢答應吧？」

「饒你一命還不知足啊，無妨，就說來聽聽。我還真期待這種賭注有人可以贏我。」

「有一種技能，可以直接將對方收為眷屬，這不是御形，也不是真祖契約，你知道有這種技能嗎？」

「真有這種技能？若你用不出來，就別怪我直接毀了你，若真用得出來，我做你奴僕又何妨？」

這鬥魔思索著，這世間魔物收納為眷屬的方式，就算是血族或惡魔，都全部歸類於真祖契約那一種型態，除此外就是御形這種特殊技能了，還能有第三種？難道在這千年裡，外界已出現了他所不知道的變化？

「注意來，我可要施展了，不管我叫你什麼，你都用你的方式應我一聲就可以了。我曲其真祖，賜你鬥魔名為『曲其使者』，請回應我的無上契約。」

這真祖契約用此方式呈現出來，算是最具造化效力之契定，隨著真素子語音方落，四周已瀰漫一股造化道韻，此刻不容打殺，只能選擇做出回應，又因真素子說明的前提，已將任何回應當作認同之承諾，所以這鬥魔不論怎麼回話，都會被造化系統當作實願締結眷屬。

這鬥魔心想，這回可真著了這小子的道了，沒想到用我思索疑惑的一瞬間，讓我無意識地同意他這明顯是陷阱的前提條件，罷了，就他這膽識與機巧，也是有資格當我的主人了。

於是這鬥魔與真素子締結了眷屬契約，進化成了惡魔「王之階」，回復原來樣貌後，是人族之身，攜雙尾，全身金黃。這時才確定了這鬥魔等階，竟然高達一百五十等。

此時真素子等階一百零五級，秘書八十級，趙小青一百零六級，過程歷經九個多月，完成了洞窟遺跡的通關，初始所定修煉目標皆已達成，還幸運地締結一名初始惡魔為眷屬，這讓他的實力，終於來到可以與世界強者一爭天下的境界。

第二十一回

眾魔天劫

真素子一行，用第十八層之傳送陣，回到了公平商會之洞窟遺跡傳送區，這第十八層之傳送陣，從千年前公會接手經營後就沒有被開啟過，所以真素子一團回來之消息，很快傳遍了整個無鋒城。

這時真素子還是那一團肉球的形象，差別在多了曲其使者「鬥魔」，將真素子高高捧在胸前，表情嚴厲而莊敬，嚇得周遭之人，都不敢太過於近身。

隱約間，已有人談起一些閒話來。

「這不是那團肉球，號稱三姓家奴戰隊那個？這是已經死亡了嗎？只是這捧著他屍體的又是誰？我看一眼都覺得毛骨悚然。」

這人話剛說完，瞬間倒地不起，不一會，屍骨已無存。

「這……這是？怎麼突然就……？」

「敢說我主人閒話，他就是榜樣。」

隨即鬥魔立於廣場，對一群大眾沉聲說道：

「本座居於洞窟遺跡第十八層，稱號『鬥魔』的就是本座，如今已認真素子為主，未來天下間，誰敢再恥笑我主，本座將追殺至天涯海角，永不罷手。」

這一瞬間，喜歡出言調侃的，都緊張地摀住自己那張嘴，深怕一個字不對，就死無葬身之地。

鬥魔名號，天下人不知，但那存在世界已久的老傢伙們，可是一清二楚，隨著鬥魔的復出，一團團隱藏之勢力，也開始跟著躁動起來，這靈繫世界之眾魔國度，已進入了下一階段之天下爭戰，也代表了「千年一回，九方絕地。天下屠義，魔王滅世」之萬靈壞劫歸來預告。

魂執七衍。禍劫大罪。
光明聖主。降魔問世。

這是一句古老的讖語，也可當作神諭，主要是惡魔七大罪出現之時，光明聖主將現世降伏，但也代表了這一段期間，必將是一場亂世戰禍之壞劫。

這魂執七衍「執傲」於南方眾魔疆域無鋒城現世的消息，頃刻間已成所有國度熱切關心的話題，連帶其主人真素子，自然再度成為所有討論區之風雲人物。

「鬥魔復出，我們是不是該做準備了？」

「啟稟陛下，惡鬼盆地那邊，恐怕將有動作。」

「嗯，那惡魔之無雙城主既然回歸，南邊已不能再維持平靜了。」

「稟陛下，無雙城入世，我戰鬼國度將首當其衝，或許該趁其大軍尚未集結，元氣未復之際，將那裡徹底剷除。」

「就怕勞師動眾也除之不盡，之前南征教訓，可還是歷歷在目的。」

「難道就乾等他們集結坐大？」

「也不是，我想邀集南區眾魔同盟，一起協力對付。」

「城主脫離禁錮復出，大夥也該醒來了，你去叫醒他們，三日內無雙城集結，超過時間不到一律殺無赦。」

「另外，你去聯繫各國度的內應，要他們做好萬全準備，等城主下令之時要能派上用場，誰耽誤時機，就提頭來見。」

「嗯，這樣好，若到時讓城主覺得我們不成樣，那我倆就只能自殺謝罪了。」

「那時犧牲無數，才勉強用黃金棺把那惡魔封印了，還委託那人，將他關押在十八層地獄，沒想到這樣才僅僅得到千年的安定啊。」

「嗯，黃金棺被破壞了，這魔還認了他為主，這個真素子竟有這等本事，我們真是太小瞧他了，早知道當初不可放縱，應該聯手除掉他的。」

「我們要不要先告知他們這消息，畢竟他們隱世不出，恐怕還不知道。」

「嗯，最好快點，惡鬼盆地和平那麼久了，就怕大夥都已懶散了，沒有能力再共同對付這無雙城啊。」

「我們還會有多少時間？」

「估計不出一個月，若可以，主動歸降最好，免得滅族。」

「只怕當時的聯手，這無雙城早往心裡去了，不一定願意和解。」

「唉，無雙城復出了，目標也會朝這邊吧，我們這東方眾魔國度強者不少，但就是不能團結啊。」

「唉，是啊，天下要亂，也是得找依靠的。」

「我來運作看看，萬一大家還是要各自為政，那就準備大禍臨頭了。」

「這老三回來，我這老大的可得親自去迎接才是啊。」

「呵呵，只怕他還記恨呢，應該沒忘了是你倒打一把的，還把他放在那十八層裡了。」

「我是磨磨他的性子啊，這樣對他才好，哈哈哈！」

「北方這眾魔之城，目前算是在你我之掌握了，遲早得與老三幹一架，我勸你盡早準備，把那些人叫回來吧。」

「鬥魔回歸，我們這族的希望來了，這千年來所受的屈辱，也該一次還給那一位了。」

「我們可沒有懈怠，既然都已準備那麼久，這回應該可以好好派上用場了。」

「天神與貞魔，這回是不是再合作一番呢？」

「七大罪也互看不順眼啊，不如先讓他們自己殺個痛快再說。」

「倒是那一位，也該想辦法除了以絕後患，若不然，就加強防守吧，只是要殺他還真不容易。」

「是啊，萬一讓他倆又搞在一起，這世界就要顛倒過來了，那可真正是眾魔大劫啊。」

「或許那鬥魔早動手去救了，我們這下是來不及的，隨緣吧，神諭早就告知，這天意是違逆不得的。」

「我們各自準備吧，這場亂世的暴風雨，加了一個不可預測的變數，真希望來得別太急啊。」

「大劫將至，時機也算到了，讓大夥去歷練吧。」

「這西方諸國的動向，就隨他們選擇，我們不要去摻和，結果不是我們能去左右的。」

「是非善惡，並無絕對，造物主造作天劫以磨練世人，看的是我們這顆心的應對啊。」

第二十二回

再立無雙城

這靈繫世界，總共分為九大眾魔方域，是由高山大海所區隔出來的九處廣垠疆域，真素子所處這區，處於世界之東極，稱之為「東震大地」，這東震又因地形樣貌之差異，分為四區，各為東南西北眾魔國度，這「無雙城」就是位在南方眾魔國度中，有著「惡鬼盆地」之稱的南域。

無雙戰城，鬥魔領域。

修羅驚怖，惡鬼煉獄。

這是外界對這恐怖無雙城之形容，大抵來自於城主鬥魔，那蒐集研究魔物技能之嗜好，他可是不擇手段，冷漠殘忍地對各種魔物活體進行實驗的，也因此，無雙城成了東震大地上絕對恐懼的象徵與死亡的代名詞。

他手下有著非常著名的「十八冥使」，雖然是惡名昭彰，但都非常忠誠於鬥魔，在鬥魔被封印之後，這十八冥使集體消失蹤影，就連屬下千名魔將，也同時隱遁，僅留下無雙城的重重機關，與負責守衛之屍鬼骷殤。

這戰鬼國度曾在鬥魔消失後，聯合其他同盟攻入無雙城，但除了被城裡面的機關，搞得聯軍傷亡慘重之外，並沒有尋獲城裡任何寶貴物件，甚至連魔將也沒殺到一個。

這無雙城極廣，可容納百萬之眾，背靠「火焰焦山」，前指戰鬼首都十戰魔城，這條廢棄多年的「石崙戰道」，可還是完整無缺的。東西兩旁盡是零星的國度，一直到地城丘陵與上古遺林之邊際，都可算是無雙城的勢力範圍。

這一天，長年陰沉昏暗的惡鬼盆地，唯獨在無雙城上空，現出了一道道明亮奪目的曙光，伴隨著金曦天雨，齊整地灑落這傳說的惡鬼煉獄，這範圍大極，幾乎讓所有南區眾魔，都仰望這千年才來的奇蹟。

一輪雲霓，連妝七彩，仙樂齊鳴，奇花競艷，鬥魔一身高貴禮裝，伴著主上真素子，從天而降，直奔無雙城王座，兩排魔使跪列，氣氛隆重非常，真素子輕步上座，微目遙觀，俯視著莊嚴大殿下一眾魔將。

眾魔不敢正視這真祖，在為首魔使帶領之下，齊聲吶喊，萬名眾魔實願忠誠之心，這一刻間震撼了這個天下。

這王座上的真素子，額上雙犄角，神秘烏亮，人族身形，單長尾，雙臂如龍，帝王威嚴，君臨天下，在陣陣歡呼聲中，真素子明告眾魔：

吾今曲其幻魔，立國無雙獄城。

將領百萬之眾，揮軍東震一統。

吾國今後，稱名「幻魔」，即於此刻為始，公告於天下，一月之內舉國竭誠來降者，皆可為同袍，月後不來，就等吾大軍踏平汝之方域。

西露星王國裡的三寶，在真素子從洞窟遺跡修煉復出後，他們這三個，就開始忙碌個不停。

除了趕緊將五行八卦陣的佈置，完整地交給西露星王國外，主要就是將他們在王國這九個月中，所結交到的朋友，一一安排至無雙城定居，這些多數是各種領域上的專才，這也是真素子出發修煉前，對他們特別囑咐的，真素子臨行前說，只要他一回來，就是真正建國大業的開始，為求發展穩固，這些安排準備，都是必要的。

這裡面有三位最是受到三寶的推薦，一位出身王國奴隸，種族金甲，為戰將之選，一位祖上官宦，現今為役民，種族山魈，為統將之選，另一位荒山獨樵，種族山虎，為上將之選。

後來真素子將這三位，各命名為金甲「無敵」，山魈「無御」，山虎「無形」，為幻魔前鋒「三無軍」之統領。

經由鬥魔建議，說要找回他的朋友，真素子與鬥魔來到亡靈地下城。

這亡靈地下城從開發以來，就沒有人突破這第四層關卡，這理由其實來自於這關卡前段，就有多達百隻以上的魔物擋關，一般冒險隊伍沒有辦法一次面對這許多超強魔物，所以一直難以突破，不過這對於現在的真素子來說，可就不是什麼大問題了。

一式「忘川河」，就可以將這些清除得一乾二淨。

在一路殺進最底層，發現這亡靈地下城也就僅有五層深度，同樣見到了一座古老宮殿，孤獨矗立著，真素子推開了大門，專注於眼前這位鬥魔口中之朋友——天神。

他自稱「余知」，是在上古三界「妖、神、魔」大戰之時，被封印於此的，到如今也近千年有餘，見到真素子與鬥魔，歡喜不得了，直說他的預測從無失準，這回也是一樣，在這等候千年，終於迎來了解救他的天選之人。

接著要求真素子將他納入眷屬，他將輔佐真素子，逐步統一這萬物靈繫的世界，以證明之前神界把他封印在這邊的種種謬誤。

這余知與鬥魔，是千年前大戰中的瘋狂分子，鬥魔專注於神技創造與爭戰殺戮，余知則專長於佈計籌畫與機關奇陣，二人相遇後彼此欣賞，惺惺相惜，合力創造了令天下驚怖的無雙城，而因二人修為已達不滅的關係，在神魔合力之下，只能將他二人封印於遺跡之王座。

封印余知的是「銀鍊棺」，這次真素子可不浪費這寶器了，直接用吞噬技能，將余知從棺中分離解放出來，據鬥魔他們所說，這用來封印一些敵對的老傢伙，或者是那些不死之身，是絕對用得著的。

真祖之秘書在四十級後，就能與真祖簽訂契約，這沒有特殊理由，單純為明道聖使的設定，聖使認為到達這等階後，再行立下真祖契約，對於雙方的發展是最適合的時機。

如今秘書早過了這等階，真素子期待著，這時定契約，說不定會有令人意想不到的驚奇進化。

在契約過後，秘書進化為「全相者」，這讓他能一次掌握與分析非常多的資訊，就如電腦一般，而最大的進步，就是能與所有眷屬直接進行意識上的交流，而且透過靈識之連結，可以協助眷屬進行統合技能之進化，甚至在條件充足下，達到技能賦予這不可思議的能力。

統合眷屬技能以成進化，或是賦予眷屬新型技能，都是屬於造化之大道，真素子這第三次立定國度，可謂萬事皆已成俱足，自身實力成為了保障，人生境界提升至另一番高度，不再是之前那樣的無知與天真，這不僅給了真素子無比自信，也讓所有眷屬內心，充滿了欣慰與期待。

這才是一個負責任的真祖，該有的感覺和味道。

第二十三回

順風引航

近年來，在這東震大地，所有遺跡附近的城市，漸漸形成了一種冒險戰團之組織，這是由多組戰隊所協力組成之團體，在遺跡中互相合作協助，使冒險戰隊的生存安全與道具寶器之獲得，有了更進一步的保障。

這種組織，統稱為戰團，因為非常符合實際需要，所以各戰團之成立，這一年來如雨後春筍般，各個欣欣向榮，而這也逐漸演變成了一股獨立於國度之外的勢力。

發展迅速，實力高超，有著高度協力作用與互信忠誠的戰團，其實就是真素子的眷屬所成立，他們直接稱名為「真素子創業集團」，這用來號召流浪於外的眷屬，本就是最為實際的做法。

參加此戰團的條件，就是一律在胸前之真祖印記。這不管實力如何，戰團都有能力安排遺跡修煉，而且能盡力輔助成長強化，以能迅速形成戰團所需要的實力。

這戰團的核心戰隊，就是俠盜、幽師與五四三戰隊，核心人物，自然也是他們這些組員，團內戰隊，多達了三百支隊伍，幾乎囊括所有真素子在外之眷屬，活動範圍不限於洞窟遺跡與亡靈地下城，還包含了戰鬼國度旁的光明遺跡，另外也有三團特遣隊，分別往東、北、西三方眾魔國度之遺跡，進行著探勘。

這樣的發展，可是真素子沒有想到的，當初真素子實力薄弱，為了保全大家，只好實施這金蟬脫殼之計，讓大家四處分散以免遭遇危險，沒想到卻造成了這番新景象。

有了共同利益與目標，更有著共同信仰，這種組織不強大也難，隨著真素子集團戰隊的影響力越來越大，自然也吸引了一些眷屬外的組織戰團或獨立戰隊要求加入或為附屬。

這點由異美人之規劃，將他們完美地成為附屬於真素子集團組織外環，除了尚未獲得真祖印記之外，忠誠度可是都極高的，更有一點，這些非為真祖眷屬，又有著冒險者實力的，通常都是能自我突破等階限制的高手或人才，因此，這些附屬組織，他們真正的實力，也是超乎想像的。

由此，戰團內包含著戰團，為求組織領導方便與效能，直接向上進步形成了「傭兵團」這龐大又能做細緻分工的組織，其實到最後就是組織派門了。

這時康龍等眾人一致的想法，就是實際成立「真素宗」了，這也成了真素子這曲其真祖信仰之由來。其後更衍生了「真素子道言錄」這種募集信仰的手段，不僅用來讓全體眷屬學習，也自然成為安定國家的一項有效環節。

真素宗的勢力，隨著真素子從遺跡歸來，以及鬥魔之勢力加持，呈現了極大幅度的成長，單單以成員數來論，在短短不到一個月的時間內，增加至十萬人之數。這當然得歸功於異美人、晨星等人之運作，但重點還是在於乘勢而興這重要條件上。

乘勢需應時，這所謂順風引航之義，關鍵還是在於船身是否真正堅固，在打造船身之時，只有關心付出的人，才會有所期待，其餘皆僅作旁觀而已，若是期待旁觀者能有所助力，那可是絕對的非念與妄想，如果能在你揚帆啟航之時，能給予掌聲，也就是不得了的貴人了，這世界的冷漠，就是如此現實。

真素子下定決心於正確的方向，就目前結果來說，是豐碩的，至於未來能否保全，可又是另外一回事了，畢竟一山還有一山高啊。

藉由鬥魔之出現，眾魔天劫近在眼前，那些隱藏於世外的超級勢力，可不比任何一個國度的實力差，與他們相比，真素子目前的實力，也不過就是小孩子一般用來打打鬧鬧而已，還不是真正上得了檯面的，這是實際的危機，當然也是重要的考驗，能否在理想有利的條件下，迅速崛起成長，而在艱險危困的環境下勇敢奮起，這就是造物主所要看到的靈子特質了。

對於成功不算容易的真素子，他是能真正珍惜於眼前條件的，所以雷厲風行，乘勢拓展勢力並穩定陣腳，另一方面加強各種國家實力發展上之必要研究，而且極為重視人才之挖掘與培養，對於外界中間勢力，都盡量採取外交協調以成合併的方式，但對於無法挽回之敵對勢力，則採霹靂手段，而且縱使滅殺也絕不手軟。

在這種方式之下，真素子所提一月期限之內，幻魔這新國度之領域，已包含了魂靈之森往南所有範圍，僅剩戰鬼國度不服而撐持。

這戰鬼是擁兵百萬之全東震大地五大國度之一，對於僅僅擁兵二萬之幻魔，自然不可能屈服，雖然雙方已交鋒多次，但尚未真正決定勝敗，但這種情勢，也已注定未來必然產生之決戰，這一刻，隨時都可能發生。

「增兵或是集結屬國之兵是可以的，但不是絕對的好方法，散人相當不建議，我正想挑戰以一萬挑了這戰鬼百萬，這樣才是真正的佈局啊，真是刺激。」

「的確，這時增兵也不能應急，倒不如讓附屬國有能力自保，我們用精兵來打這場決戰，一旦突破了，這種宣傳，會遠比什麼都來得有效。」

「戰鬼這小鬼真祖是快沉不住氣了，散人再略施手段，管叫他失去理智，到時……呵呵，真祖，你就等著開慶功宴吧！」

「用不到我嗎？」

「不用，有了鬥魔與我余知，還用上您，豈不是讓天下人笑話？」

這真素子還真不知道余知葫蘆裡賣什麼藥，怎能這麼有把握，那可是百萬軍隊啊，既然不要他上場，那他就好好期待這二位超級眷屬的表現了，根據情報，戰鬼那邊的大將等階，完全不輸於鬥魔，他們應該會怎麼贏呢？真素子雖然不明理由，但對於他倆，的確是信心十足的。

第二十四回

八部奇門刑魔陣

「十八冥使加上你我，分成十隊，就能把戰鬼百萬大軍，慢慢給轉沒了。」

真素子在大致了解余知的計劃後，派了趙小青與三無三佈屍協助，看是幫忙上個火或者造個亂什麼的。

此時他心想，若是他與小鬼真祖立場對換，他該如何應對或防止這種巧計？若是每天都不時地受到偷襲騷擾，又兼城內意外重重，那要如何才能穩定軍心啊？重點就是找不到滋擾的敵人，這可是容易令人抓狂的。

十隊分據戰鬼國都「十戰魔城」之十種方位，先依據八宮，分為乾之開、坎之休、艮之生、震之傷、巽之杜、離之景、坤之死與兌之驚，依隊伍適性分別。

・於西北乾宮立刀劍槍戟，以輔五行之銳金，首日擇亥時動刑，逾日則逆轉戌時啟動。

・於北方坎宮立冰凝鬼霧，以輔五行之禍水，首日擇子時動刑，逾日則逆轉亥時啟動。

・於東北艮宮立猛獸巨力，以輔五行之刑土，首日擇寅時動刑，逾日則逆轉丑時啟動。

・於東方震宮立雷霆電擊，以輔五行之動木，首日擇卯時動刑，逾日則逆轉寅時啟動。

・於東南巽宮立迷風幻毒，以輔五行之搖木，首日擇巳時動刑，逾日則逆轉辰時啟動。

・於南方離宮立燥火術能，以輔五行之厲火，首日擇午時動刑，逾日則逆轉巳時啟動。

・於西南坤宮立幻術邪能，以輔五行之迷土，首日擇申時動刑，逾日則逆轉未時啟動。

・於西方兌宮立梵唱鬼嚎，以輔五行之囚金，首日擇酉時動刑，逾日則逆轉申時啟動。

此稱為「八部奇門刑魔陣」，用於八方位皆得以隱藏戰隊之都城，而這十戰魔城，位於魂靈之森，正是此陣最好的標靶。

另二隊為兩儀指揮，無固定之就位，用於安排額外之攻勢並協助城內細作製造動亂，出動時機皆在於辰戌之天羅地網，丑未之水刑火煉。

如此讓刑魔陣所圍之城中，一日十二時辰，皆處於不明意外與動盪之中，這必造成人心惶惶、士氣低迷，趁此心魔作祟之際，再施幻境強襲，將可：

劫殺其弱處，引誘其信叛。

爍妄於自刑，絕望於互死。

「何時出發？」

「就趁戰鬼還在猶豫怎麼打我們無雙城之時，來去教育教育他們吧！」

「中土紀元」一千零五十七年春季第二十七天，這一夜，對於戰鬼這國都的子民來說，是一生以來，從來沒能想像到的漫長。

這夜亥時，西北方位，一聲鳴金，響徹於天際，不知從何處來的無數箭矢，極大範圍地射入了十戰魔城，緊接著一批批身著迷彩，模樣各異之外敵，四處劫掠縱火，守城將士集結應對，吆喝劍擊之聲不斷，西北城區，轉瞬間，成了煉獄。

到了子時，正北方位，聲聲鬼唱嘯，熒惑人心，一陣陣濃濃迷霧，兼帶凜冽之凍寒，觸之邪氣入體，流行瘴癘，此時不見敵軍滋擾，但見幽魂漫步，守城將士無法應對，迷魂中死傷無數，小鬼真祖驚醒，慌忙派遣大將鎮守，調查因由，待將詳細之時，北方這處已無絲毫痕跡。

丑時方至，正南方位，讖音梵誦中，又疑人心，層層疊疊，迷霧再起，戰鬼大將兩方急忙，正要知曉，鬼霧漸消，又是處處遍查無由。

再來寅時，東北方位，猛獸嘶嚎，眾民皆驚怖，城牆見破損，數十群猛獸，於城內衝撞虐殺，隨後者，縱火焚列，守軍將士，又是一番損傷，大將們煩躁怒極。

進入卯時，正東方位，烏雲密布，雷震納電閃，道道落雷，擊中民房無數，往救助者，盡遭電殛，大將立陣守護，也是焦忙，此時民心已紛亂，不知這敵襲將持續多久，戰鬼國度能否解決？

且見辰時，正西方位，又是雷擊電閃，更帶腐蝕噬毒。

余知與鬥魔這一番操作下來，果然令十戰魔城開始極度不安與動盪，人民逃散出走，軍心紊亂難安，君主對策不下，將帥有力難施，戰鬼終於不再處於被動，調派四處大軍，將領大軍五十萬出動，直奔無雙城。

這時無雙城，可是沒有兵馬駐守的。

真素子問到這一點時，余知哈哈大笑，散人正是要他們來啊，多多益善。不管來多少，都叫他們來得回不得！

這無雙城的機關術，可是天下一流的機關師——散人余知的得意創作，千年前，就已名揚東震大地，憑這些機關，只要大軍進入無雙城，不論多少兵馬，都是沒用的，這也是這千年來，沒有任何人敢動無雙城的理由。

「要能破解我這機關，除了那人之外，其餘我都不會介意，不過要等他來，時機可還未到，他沒那麼快就行動的，等小鬼真祖將大隊人馬都派來攻無雙城的時候，就是我們準備佔領十戰魔城之時。」

「我與余知，千年前被稱名為『無敵』，就是我們僅憑手上這萬人部屬，就縱橫整片東震大地。」

「當然現在情勢已不同，但這戰鬼，我們倒是早已清楚掌握了，畢竟我們潛伏在裡面的可是不少，有些也從千年前一直留到現在的細作。」

「呵呵，這小鬼真祖，用盡了眷屬額度，可是得相當後悔啊！」

「是啊，身旁大將輔臣只能是眷屬，這可是我們這世界立國的基礎常識，不然哪天被出賣了，都不知道怎麼死的。」

「不過也說明這小鬼不夠狠辣，不然除掉幾個眷屬也就是了。」

「沒有徹底覺悟的人，硬做君王，會很危險。」

真素子心想，若換他做選擇，得除掉眷屬，恐怕這關他也難過，幸運的是，他這額度沒有用完，這算是他個人的福氣吧。

戰鬼統軍大將，稱名「噬鬼」，王魔一族，等階高達一百五十餘等，是跟隨在小鬼身旁最久的將領，但是小鬼沒能將他納為眷屬，理由正因眷屬額度，早已用完。

小鬼真祖不知道的是，這位他極其信賴的大將，領著五十萬大軍直達無雙城後，一點干戈不起，大半受到拘禁，其餘全數投誠於真素子這幻魔國度了。

噬鬼，是無雙城最隱密的副城主，除了鬥魔、余知與十八冥使之外，世上無人知曉，是無雙城之第三把交椅，王魔一族，最善於偽裝，噬鬼更是這道上的翹楚，小鬼真祖長久以來不能發現他細作身分，也不算冤枉的，因為人性這點，恰好是小鬼真祖最脆弱的部分。

第二十五回

自號賢王

戰鬼國度的結局，在噬鬼之後，終究是只剩這樣了。

曾經的前五大國度，南方眾魔之戰鬼，如今已全部併入幻魔真素子之領域，這回是真正涵蓋了魂靈之森以南的全部疆域。真素子回顧了當時之夢想園區，將這裡改造成護守幻魔邊境之要地。

隨著小鬼真祖投降，戰鬼滅亡，並在整頓戰鬼部隊之後，真素子統治下實際戰力，已來到五十萬之眾，而統治下之國民數，也達到三百萬之數。這是邁入真正大國的起點，劍指天下的基礎條件。

當初真素子於無雙城王座，針對魂靈之森南方眾魔國度，所立下之一月誓約，恰好期滿，如今正是往上前進雄古高原之時。

在外界所認知的種種情況下，幻魔真素子以一萬毀滅強敵百萬所帶來之震憾，早已讓雄古高原眾國度各個真祖緊張得夜不成寐，這時余知建議，趁機再發納降之書與進攻訊息，能迅速確認我們真正要應對的敵人。

於是真素子再立限期，趁這雄古高原眾百國度，未能快速達成同盟之時，率先破壞這層可能，而將幻魔勢力再次拓展衍生。

高調地整軍備戰，就是明明白白地向外宣示，大家都知道，幻魔這危險的國家，不僅僅是說說而已，而是說到做到。

真素子首次召回了所有在外之眷屬，依照每位之實力與技能條件，與無雙城原始戰力重新整合建立起幻魔之正規軍團，分成了十部主力，且依八部奇門之軍技陣列所需，形成八類特殊軍種與兩支全能部隊。

第一類至第八類，依後天八卦之序，而稱名為乾銳、坎禍、艮刑、震動、巽搖、離厲、坤迷與兌囚，另二支全能部隊則為陰極與陽極，這十部戰爭主力，真素子各以魔星稱之。

除此外再立特種部隊，一為「刺客」，二為「進襲」，三為「前鋒」，此三軍團形如秘密組織，其中刺客與進襲在世界各地分布據點，進行各種無雙城所指派之各項機密任務，而前鋒則專用於開戰之頭陣，此實為嚇阻作用，故此前鋒戰團，可稱為幻魔整體軍力之最強。

這些是透過余知建議，而與鬥魔、噬鬼，以及秘書分析，所共同得到的最佳戰力安排。

以目前所掌握到的雄古高原情報，能真正算得上對手的，可說完全沒有，所以余知等極力勸說，要真素子趁著大勢有利，盡快取下並統合整個東震大地南區，這樣才有能力，面對未來其他三區的強大挑戰。

我們真正的對手，是北方與西方眾魔之國，以及隱藏於世間的神祕古老勢力，若依我們目前的條件來說，他們這群可是還不屑於對我們出手的。

這讓真素子一股熱切的心，趕忙冷卻了起來，差點因過於順利又得意忘形了，既然統一南區，是必然之事，那麼全心交給鬥魔他們處理就好，真素子心想，如何進行再一步的修煉，才能在未來真正派上用場。

另外關於戰團所衍生之真素宗，余知建議直接往其他東北西三區眾魔之城前進打基礎，一方面宣傳幻魔之正面消息，一方面闡揚真素子濟世之雄心，認為透過廣大信徒之傳播，對於未來統一東震大地，必能產生實際成效，這當然也得採低調進行方可，總之藉由戰團名義，私底下之接觸傳教，至少在目前，是不會引起那些強國注意的。

「中土紀元」一千零五十八年春季第二十九天，東震大地南區眾魔，實現了大一統，國號稱名為幻魔，實際擁兵八十萬，國民千萬，都城上百之超級國度。

真素子立定了幻魔未來發展之重要政策，首先自號為「幻魔賢王」，並冊封余知等一眾強將屬下為十王代理國政，除整編國防軍備之外，更於雄古高原北端「戰原」，再建無雙之城，預計在五年之內，做到確實穩固幻魔基石這目標。

為了進行下一階段之自身實力成長，真素子帶著趙小青，開始了更嚴厲的修煉之旅。

這些相關真素子的種種消息，因為幻魔國度近來的高調與名氣，所以非常迅速地傳遍了整個東震大地。

「我們這一路往北飛行，到底是飛了多久啊？」

「應該快一個月了吧。」

「都怪你飛行速度太慢，本姑娘有點等不及了。」

「唉唷，這種是我能變化出的最快飛行種，別抱怨了，據余知說，這世界兩大方地的距離，本來就遙遠得很。」

歷經長久的飛行，越過重重大海，終於來到余知所說的「巽夷大地」。這是一座感覺非常古老的城鎮，不管是地板上的鋪石或者建築，都有一種歷史磨刻的韻味在。

真素子為避人耳目，換了一個極不顯眼的造型——人族，而且是飄逸著一頭銀色長髮的大美女。

「你不是要低調避人耳目嗎？這樣豈不是更引人注目？」

「我也不願意啊，哪知道這種型態就只能這樣。」

「真祖，其實我覺得挺好的，這樣我跟你走在一起，也會好有面子的。」

真素子來這遙遠的巽夷大地，主要目的當然就是修煉，但有別於之前的魔物殺戮來升等的方式，而是欲要追求實力進步，必要進行之靈心識核這類境界的造化修煉。

而余知推薦這處，自然與他的出身相關，他可是屬於這世界之道門原始——「九天玄冥」一脈之正宗傳承。

據余知所說，來到巽夷大地之南，再往天空望去，有一座齊天之山的峰頂，就是真素子要去的地方，那處就叫作「九華山」。要能進入那裡，沒有人舉薦，是不可能的。

基本上，九華山下的奇門陣形，就讓你無法從陸路上去，只會越走越遠，而空中之迷幻結界，也讓你徒留空中遺憾，讓你怎麼繞也繞不完，但若有人舉薦，自然就有人出來迎接，這余知就是這麼說的，雖然真素子在當時，有察覺到余知一絲詭異的微笑就是了。

真素子依照余知所說的，大聲稟告了舉薦人名字東震余知之後，數柄飛劍凌空而至，指向真素子七處要害。

「那叛徒行蹤，且老實說來，否則你就替他留下來完成該做的事吧！」

第二十六回

道門

「聽您這聲音，是位好美麗的姑娘吧，我真素子是受余知推薦來這求學的，關於他的過去種種，我並不知曉，只知道他之前被關了近千年，最近正在東震大地之南區活躍著，身體健康，情緒穩定，沒有不正常的地方。」

「哼，算你這小娃兒懂事，算了……」一會這人語氣稍顯了柔和，又問道：「你怎知道我關心他？是……他有跟你說嗎？」

真素子心識裡大罵這余知不說清楚，狠狠地說了他幾句，余知回說完全是為他好，他判斷真祖一定能做好最完美應對的，這是道門重要的觀察與考證，最是有助於他在這外地求學的啊。

臨危不亂，觀察入理。

隨機應對，更解道機。

這就是能否進入道門之入學考證，多數根器不足者，是絕對做不到的。

「依長老令，已許你進門，請換回原形，並請影子裡的那位隱梧現身，二位一起從這天空步道上來吧。」

九天玄冥道玄真，神靈七轉應法宗。
仙境無極九華勝，人間豈聞一貫中。

這是世界上最神秘的修真組織，收門人只講根器與緣份，所以門人為數不多，但若與全世界相比，實力皆是可稱上頂階之強者，余知推薦真素子到此九華山修行，主要就是讓他見識見識何為世界之強者。

經過天空步道，阻人之煙霧已消失無蹤，取而代之的，是一整排鋪陳青玉之蒼鬱大道，兩旁之老松，估計皆逾千齡，沿途雲霞渺渺，仙氣飄飄，異獸仙鶴，福禽飛鴻，朵朵神形內斂，各個境界高深。

大道盡頭，一座玄色正殿，莊嚴肅立，其階有九，步五中央神鼎，狻猊相望護守，再進於四，霸門三立，青龍入處，迎客如翁，白虎觀臨，緣道有終，中門尊立，兩相朝宗。

「老友，別來無恙啊！」

真素子一踏入這正殿，就被長老這句話，驚得疑惑重重，怪的是，內心這股莫名之衝動，絕不是沒有來由。

「您是長老吧？我們應該沒見過面啊？」

「這世未見，前世乃為同僚，只不過，我比你早到這個世界。」

隨後，長老——蕭臻領著真素子，到內院晉見門主——朱升，這門主一臉和氣，請真素子於蒲團小坐，並請左右奉上一杯香茶，隨後，卻自顧自地闔起雙眼來了，一句話也沒說。

真素子看看長老，竟不知長老何時離去，才一轉眼，門主也已不見，四周空蕩蕩的，就剩真素子一人，連趙小青，也不知哪一時失去了蹤影。

真素子百般納悶，無聊下喝了一口香茶，忽然之間，塵封往事，盡皆解鎖，前世種種，歷歷在目，趕忙詢問秘書，只是秘書也無聽聞，等回過神後，卻又見長老與小青在旁，門主正問要不要再加茶？

這種往事前塵，在真素子內心激盪許久。

「原來我曾名胡道元，亡於皇城百日天劫，與兩位……真是故交，大家別來無恙啊！真沒想到，竟在這世界又重新聚在一起。」

「今日重新開啟您的記憶，主要是為了您所負真祖之天命。」

「若你無緣來此，我道門自然不聞不問，但你既然來了，就得讓你了解清楚。」

「其實，依你幻魔國度當今情勢，恐怕最多撐個兩年，就將灰飛煙滅，而你的天命任務也將宣告失敗。」

「願聞其詳。」

「其一，這世界，九大方地中，東震大地之整體眾魔實力，遠遠不及其他方地，所以就算你能除滅西北強權，也應對不了其他方地之進襲。」

「其二，五門十教之眾，操縱著這九大方地之眾魔國度，所有國度背後，皆有相扶持之教眾，而你所殲滅之南區眾魔，正是『扶桑教』下之分支，他們，是不會讓你羽翼長齊再出手的。這是撐不過兩年的重要理由。」

「其三，在這世界，軍力不完全代表實力，百萬大軍，對於所謂的強者，不過是翻手上之螻蟻，若是發展目標錯誤，那等待的就是無可挽回的悲劇。」

「既然好友們這麼說，現在肯定是來得及了。」

「當然。」

「所以我得強悍到什麼程度，才足以與他們匹敵？」

「若以等階來論，至少得到三百級，再以靈心境界，則須至上境界之渡劫。」

「你有兩年的時間，這段期間，你可以心無旁騖，幻魔領域有事，我道門自會出手相助，你身旁之隱梧，是非常好之苗子，也讓她在此好好修煉，她會是你最重要的助手。」

「至於余知、鬥魔、噬鬼以及你那些重要的眷屬們，我就好人做到底，將那位送過去協助他們修煉吧，我這也算是順水推舟，幫忙了卻一段姻緣吧。」

兩年之後，東震大地之幻魔領域，雄古高原之無雙城已然矗立，幻魔精兵百萬，正嚴防著這北方之邊地。真素子修煉圓滿帶著趙小青回歸，僅歷一日夜，已到達這無雙城。

這一日，天見雙月，兩道身影凌空而下，在眾人矚目中，一為幻魔，一為人族少女，兩人並肩齊至，余知、鬥魔、噬鬼等十王與十三天將魔星，帶領一眾魔將百萬，恭敬跪地，迎接真祖幻魔賢王之歸來。

第二十七回

震懾

「無道爭鋒」指的是將這靈繫世界的眾魔國度，皆當作棋子較量的十五個最強組織之博弈，這些組織分別為五門十教，而扶桑教，就是其中之一。

在幻魔所併滅的戰鬼國度，就屬於扶桑教入世棋子之一，這種重要棋子被毀的帳，自然是會直接算在真素子頭上的，兩年來平安無事，正是九天玄冥的默默護持，當初雙方立下兩年為期的約定，如今兩年期滿，九天玄冥不再干涉，所以這扶桑，必然開始有所行動。

在盛大的迎接場面之後，伴隨而來的，就是種種意外又急切的消息。

首先來自於真素宗在其餘區域的據點，陸續受到襲擊殲滅。而刺客與進襲這特種部隊在各處之秘密基地，也遭洩漏曝光，截至目前情報，已多處遭到摧毀。另外戰團裡多數眷屬，遭到了綁架脅持，其中包含俠盜戰隊之異美人、晨星與五四三之姚三與幽師戰隊之李樵。而更多的是，幻魔領域這南區都城各地，不斷傳來小區域之動亂與不安，這讓負責守衛之部隊，一時兼顧不及，而呈現軍心不穩之現象。

這些事件，其實早在真素子預料之中。

透過眷屬靈識之連結，真素子能清楚知道他們的安危與位置，與下手的組織，至於真素宗與刺客、進襲之據點情狀，自然是混入了奸細，剛好趁這時機，好好進行整頓。

與其四處滅火，不如釜底抽薪，要一次讓扶桑教，再也不敢對幻魔下手。要做到這一點，就是讓對方認清我方實力，早不是他們想要掌控的棋子了，「抓我的眷屬，不就是準備了陷阱，要我去挑戰看看嗎？那我就親自直搗黃龍，讓他們見識，何為幻魔，也讓大家看看，自己的真祖，是多麼值得依靠！」

扶桑教之總部據點，設在東震大地之東方區域，實際掌控著東與南之眾魔國度，在南方眾魔二年前被幻魔一統之後，這扶桑教之勢力，並沒有因此而退出，反而是陸續加入了幻魔組織，伺機聽令傾覆。

前番真素子所預想到的情況，也就是這實際現象的正常推演，對於宵小，防是防不了的，只有震懾，才能令對方畏懼而不敢付出行動。

真素子要余知他們準備好三日內進攻東區眾魔的軍事計畫後，帶著趙小青，往眷屬被拘禁的地方去了，這地方自然是扶桑教總壇——「日興城」。

悶雷陣陣，烏雲驚佈，隨著一道道霹靂電閃，日興城上空，出現了兩道人影，在閃光輝映下，隱約可見頂著雙犄角之幻魔，與一縷銀髮及腰之少女，臨風瞬動，在幾次驚雷之後，兩人已立於扶桑總壇之前。

「吾為幻魔，速速恭迎，逆違吾旨，此刻傾覆。」隨即單手聚雷，口中倒數，身旁少女斥喝道：「吾主旨令，十秒之內，當做出選擇！」

數十道光影瞬至，將真素子包圍，一看這些人氣勢龍成，精光內蘊，眼神銳利，身手迅捷，實力當是各個不凡，為首者道：「黃口小兒，口出狂言，就不知……」此人話音未落，少女已經動手，傾刻之間，已遭噬魂。

其餘之人大驚，正想出手，只見一巨大魔相張嘴吞噬，這數十道身影，此刻也是無存。

少女再聲斥喝：「僅餘五秒！」

「真是欺我方無人是嗎？」一隻擎天巨掌，從空中翻下，猶如來之威滅，往真素子上方拍來，只見真素子不慌不避，又是一口，吞噬了乾淨。

那人欲再出招，真素子已將手中黑雷祭了出去，只見那總壇正殿，被這黑雷一掃，瞬間盡成平地，正中央上方，一人長鬚黑袍，怒不可遏，近身攻來，此時少女上前，一式指心，一招遁影，一支暗黑匕首，已插入這人心窩，俏聲道：「你雖然命體數值超過百萬，但是這『噬魂刃』可不僅傷你命值，更噬奪你魂能，若是不想變成廢人，就趕緊投降吧！」

「這個在下作不得主，要等我教主回歸。」

「哼，他的行蹤早在主人的掌握，不出來面對也無妨，現在你們只有一條路可選，安全釋放主人之所有眷屬，並且將勢力徹底離開東南區眾魔之地。」

少女說完，天空忽見巨大雙眼瞪視真素子：「好你一個真素子，你到底想怎樣？」

「對我俯首稱臣，立下永不叛約血誓，就饒你一眾教徒性命，否則，我不介意，現在就順便把你們都滅乾淨了。」

「那也當看你是否真有這本事？」

真素子微微一笑，分出二位幻魔法身來：「你自己評估吧，有能力同時對付兩個我嗎？」

這一體雙分，是真祖到達最高道御之境界，才可能做到的，一個為真祖之真身，另一個則是秘書控制之法身，兩者能力一致，實力相近，算是真祖最強大的殺手鐧之一。

這扶桑教主，也是真祖身分，自然曉得這一點，他可還沒到這境界，「沒想到僅短短二年，他就已全然脫胎換骨，有那道門背地支持，這虧終究是得吃下了。」

三日後，整個東震大地之東區，開始了眾魔之戰，失去了扶桑教的支持，這裡本就不算團結之國度，皆迅速地成為幻魔之領域了。

幻魔勢力再度擴張，已引起了北區魂執七衍罪以及西方諸國之高度重視，兩區聯合同盟以對抗幻魔，絲毫無意外地，已在此時迅速形成。

另外隱藏於世外之勢力，那五門十教，除了道門之外，也對幻魔這勢力增長，所造成的失衡現象，開始了一連串的佈置與行動，這牽連整個世界大局博弈，將如何扭曲真素子的命運，或許，這才是真正考驗的開始，真素子——曲其真祖，有能力，突破這一切嗎？

第二十八回

煉蠱

這一日，真素宗，正式加入了這世外博弈——天下無道爭鋒，原本之十五強名號，如今已更名為五門九教一宗。受到其餘十四強的認可，而成為正式，這可是五年後的事了。

這五年來，真素子要大家先謹守東南這二處區域，而以提升境界，修煉經藏為最高目標，將他於道門中所習得的一切，完全提供給所有眷屬修煉，而將經藏與修煉之基礎，也普傳給所有幻魔之國民。

這種做法，為真素子首創，由此所達到的名聲與宣傳效益，遠遠勝過開放修煉功法可能造成的種種顧慮，不僅讓國民數倍增，人才聚集，也實際地提升了整體國民的實力與素質。

再透過真祖與眷屬之靈繫，集體修煉互助所得之成效，終於在此刻明顯地呈現出來，即如幻魔國度最重要之核心，十王與十三魔星來說，都已成長至等階達三百級之強者，即如晨星與異美人等升級較緩的眷屬，也都到達二百六十級以上。

至於真素子自身，則來到三百五十級，秘書是三百，趙小青則超越所有眷屬，快速達到三百三十等階。

而相關秘書之重要輔助，在於統合技能之運用上，早已能為技能合成進化與技能賦予之能力，針對主要眷屬之技能，皆特別予以修整與統合，或再根據眷屬自身之修煉與實力特性，賦予適合之專屬技能，比如特別賜予吳缺「忘川河」之領域技能，康龍之「影分瞬殺」，侯健之「分身」，喬頭之「雷心屠魔」，李樵之「聖光加護」，異美人之「催魔法陣」與晨星之「天虹之罪擊」。

另外三佈屍之三寶，則給予了技能統合與賦予之能，以進一步協助秘書做更大之突破與發展。

「御魂」這技能，是已達造物範疇之偉大神技，能直接運用施術者識核內魔素，製造出擁有自我意識之魔物。

真素子擁有這項技能已久，但每次試驗的效果都不理想，多數都在一定時間後，重新消散還原成魔素，就算已形成自我的魔物，也是相同。真素子本想用真祖契約加以穩固，但又怕因此減少了契約額度而作罷，當然也不知道是否划算之故。

這問題，在真素子達到這三百五十等階之後，似乎有了變化，不僅由御魂所形成之魔物平均等階，都已能達到初始百級以上，甚至能出現菁英魔物，而真素子也發現，這些菁英魔物只要持續供給魔素，就不會消散，這讓他明白了一個重點。

原來之前會主動消散之魔物，是因為他們沒有能力自行於環境中吸收魔素，這自然是缺乏教導與等級太低之故，如此只要透過學習，自然解決這項問題，至於用真祖契約，這有自己本身的靈繫連結，當然更不可能產生魔素缺乏之問題了。真素子心想，雖是契約額度有限，但若使用於有極大發展潛力的御魂魔物，那可是絕對不虧的。

想到這，真素子有了更進一步的想法。他在九華山之時，發現了一種名為「幽精」之魔物，這是結合了黑影、飛精、初魔、血族、屍鬼五種族特色之奇異生命體。若以用來培養戰鬥部隊而論，這幽精無疑會是最全能之種族，所以他施行御魂時，全部製造此類魔物，而經過大量時間，取得了數百隻菁英魔物後，他又讓這些魔物分成十組進行自然之煉蠱，這是因為幽精本有著初魔之特性，對於同族間的互相吞噬原為本性，故真素子用這個來說服他心中的障礙後，開始進行了這些如同造物主之試驗。

這種方式，實名煉蠱，最後倖存之魔物，必屬其中之最強，真素子將這十位，盡數締結了真祖契約，各自賦予了「英布、白起、凌遲、蕭胤、賀殤、無遺、將夜、月魂、噬奪、逐心」等，並集體稱號「十亟魔眾」。

這十亟魔眾平均等階在二百級以上，實力不輸天將魔星，技能屬於全方位，皆為真素子直屬，長期居於真素子胃袋之亞空間中，是外人全然不知的最隱密之戰將。

透過道門引薦，真素子帶著小青，來到「天下無道爭鋒」之執首會議，真素子以分身之術，獲得了在場所有執首之認可，取代了扶桑教，而成為這天下爭鋒之一員。

其中位於東震大地北域，魂執七衍之首，即「天魔教」教主，本對於真素子與他那三弟鬥魔，並不完全放在心上，在見識了真素子實力之後，前番與東震西域之同盟，遂實際認真了起來，他認為以鬥魔之性子，千年前那一場，沒有理由不向他要回來的。

而西城國度所屬爭鋒執首，早就打定主意不摻和，不能得到最大的實力支持，天魔教也只能找西城諸國尋求合作，算是聊勝於無，至少西方諸國有天神的門人加持，實力上有一定保障的。

這西城眾魔國度之背景，正是「仙門」，與道門相同，是不參與這次眾魔天劫的，但其為數頗眾之門下弟子，卻對於這天劫大感興奮，皆躍躍欲試，所以這執首，早讓他們下界去歷練了，至於幫誰，仙門可不管。

東震北域天魔教之總壇，稱為天魔城，於這幾日間，已陸續有數百道流光，進入了這天魔城中央魔殿，這是天魔召喚眷屬回歸之訊號，看來，已可確定是大戰即將開啟之前兆了。

西北方域各國度，也整備民防，大軍集結，紛紛往東域之邊境靠攏，這風雨欲來之兆，真素子與幻魔國度眾王，早已枕戈待旦，就等時機來下達了。

就在此時，真素子收到一封由鬥魔轉交的歸降密函，這依照秘書「全相者」之分析，這消息，肯定是扭轉局勢的第一招勝棋。

第二十九回

決戰

東震大地之東域，應該從來沒有過，足足超過三百萬大軍的爭戰與對峙，這眾魔戰劫之第一場景，是聚集了東震大地所有強者的競賽場地，在這個因緣俱足的日子，終於熱鬧地展開了。

真素子幻魔陣營，十王與十位天將魔星帶領百萬精銳，在東域之「嶺東大草原」排開陣勢，等待西北國度之二百萬聯軍，會直接用決戰方式，據真素子所告訴全體國民的，就是為了避免戰火殃及平民，所以不得不做此決定。

這是賢王之仁啊！幻魔之東域國民，為此而深深感動，紛紛支持著幻魔大軍，抵抗西北聯軍這入侵的惡勢力。

在真素子將這決戰前線，交付於余知、鬥魔等十王指揮之後，自行帶上三無前鋒萬人部隊，直接往東震北域，與那一支意外出現的隊伍會合了。

真素子的目標，自然是天魔城。

這天魔教鼓動西域眾魔國度，出兵一百三十萬之眾，與幻魔大軍對峙於嶺東大草原，也讓這大後方，其防衛上相對呈現了空虛，更主要的是天魔大將，就是那些天魔教主從四處召回之強者，此時正在草原與幻魔之十王爭戰中，所以此時之天魔城，也就是那六位魂執七衍罪，以及少數心腹與五萬守軍而已。

因此，在幻魔之一萬進襲特種部隊，與六萬軍之世仇，憑空出現於天魔城之時，這六位天魔眾簡直不敢相信自己的雙眼，這天魔教主還以為這些部隊只是尋常之螻蟻，沒想到這數萬人之部隊，個個等階極高，身手卓卓不凡，七罪惡魔一式大招落下，居然並無所獲，待要再發招，一柄黑色利刃已凌空飛至，截斷施法，緊接著影內出現一銀髮少女，對著這位七罪就是一輪快攻，雖然招招能擋，也讓這惡魔，驚出了一身冷汗。

旁觀天魔眾人正要出手，卻又見十名樣貌一致的黑影，各自敵住了其餘四罪與教主親信，這些黑影，術法、刀劍、領域、幻形、隱分身樣樣皆通，七罪眾魔知道，在短時間內都難以分出勝負。

再來眾人所見，就是忘川河之奇景了，天魔城守軍，大抵淪陷於此領域，教主不知解法，只能循源頭殺去，卻又是受到兩位幻魔圍攻之模樣。

這教主號為執得，也有學吞噬為大能，正欲祭此絕招，不想這可是真素子最趁手技能，一番比較，天魔落於下風，又是各種領域盡展，都被幻魔隨手化去，要知道幻魔之能，即世間所幻化者，皆不得為障阻之意，要說就是魔抗出奇的高，逼得這天魔只能實打實的藉身肉搏，但這以真素子本為曲其藉身來說，作為肉搏之天然好手，自然不可能會輸的，更何況他有一位實力相同的分身。

終於，在天魔教之所有核心人物皆受制的情況下，五萬守軍早已潰不成軍，天魔城為幻魔與其聯軍所佔據，這時三無加入，這是無敵、無御與無形三位幻魔之天將魔星，實力可不差於趙小青這姑娘多少，因此天魔一方情勢瞬間再下，除教主外，眾魔皆已受制，此時真素子收了忘川河領域，專心與這教主「執得」對戰，不出數回，已將之制服。

隨後真素子取出銀煉棺置於執得之前，作勢準備將這天魔教主封印進去，執得深知此物厲害，一但真被封印，世上除真素子外恐怕無人能解，連忙認錯，並請真素子開出條件。

「你鬧這麼大個動靜，如今滅我不成，反要我開條件，不如你先說說你的誠意吧！」

天魔性命還在他人之手，只能放開條件，努力地讓人家滿意，一直到立下血誓永不與幻魔為敵，且立刻阻止雙方草原決戰，以及願意將北區國度疆域全數奉上，並從此退出東震所有天魔勢力後，真素子才算滿意地罷手。

這場決戰，在真素子的奇襲之下，劃下了單方面狂喜的句點，西域諸國度在北域已成敵國勢力的同時，也逐漸歸降於幻魔，終於讓真素子在東震大地，完完全全地實現一統。

至於仙門那些下凡歷練的門人，這次可都沒有盡興，多數隨著天魔勢力之退出東震，也往其他各處大地之世界去了。

不到十年時間，真素子統一了這東震大地，極度震撼了整個靈繫世界，爭戰過程中，處處照顧人民之政策與決斷，讓真素子賢王之名，逐漸穩固落實了。

既然已成唯一國度，長久以來的四方擂台大戰，自然也就跟著劃下了句點，取而代之的，是技能與實力上的競賽，這是幻魔國度用來發掘人才的方式，慢慢地這種競賽模式，也呈現了多樣化，文與武，法術與鬥技，策畫與佈計，甚至發明與創造，都在競賽範圍，也由此，幻魔國度之各式人才紛紛崛起，不僅讓幻魔國度之整體文化水平整個向上躍升，也將整個東震大地的實力，做了一番極徹底的進步革新。

龍躍九洲，昔地方震。
八強無敵，唯弱一方。

這是靈繫世界中，九處大地之古老傳言，是說造世之龍，出現於東震大地，他在此地擷取靈氣，用於造物之能，開創了世界其餘之八大洲，但因此將東震大地之靈能耗盡，故導致後世八洲之眾魔，皆能強而無敵，但唯獨東震，長久以來始終孱弱，而成為世界九洲中實力最差的一環。

這個天然條件，是真素子幻魔國度被其他大地世界瞧不上的理由之一，雖然對於真素子在極短時間內統一這東震大地，也不認為他有多餘的實力能與他們這些天然資源極為優越之方地較量，這或許給了真素子休生養息的時間。

這種也算是福氣吧，眾魔天劫這戰火已然燒起，世界其餘八大方地，正要醞釀，總有一天，還是會到這東震，這是屬於天下之無道爭鋒，自己太弱，就只能等待他人之啃食，真素子得趁這天賜之良機，加緊把握時間才行。

根據余知推算，幻魔立國十年之期將至，這是必然形成生死存亡之劇變時機，應對得宜，將取得遠征其他方地之實權，若是有所差池，就是國運之最終，結果就是「東震方地，萬國再立」。

這裡頭的關鍵，與魂靈之森裡的十亟鎮魔塔相關，當中之滅世魔王屆時將出，如何成功除滅封印，就是這重要的考驗。

「真希望外界對於東震大地的野心，不至於與這滅世魔王齊至，要真是如此，恐怕真是凶多吉少了。」

這是余知測算後之心底話，看得出來，他的憂心，而真素子直覺上，則必然是雙劫同時到來啊！

這裡面就屬鬥魔與噬鬼皆是興奮，看他底下眾魔將也都充滿了期待，這應該是他們這種族的特性吧。

對了，真素子偶然間想起了祕書，似乎話變得好少，也不再自稱姑娘了，再一次認真詢問之下，終於得到答案，因為他也解除了前世之記憶封印，他說一個大男人，實在無法用姑娘的語氣講話，所以只好就這樣保持沉默了。

真素宗的發展，極有效地穩定了民心，尤其是那些剛剛成為幻魔領域的國民，這種信仰所造成的安定，將國民心識意念之靈能，隨著信仰，而漸漸匯聚至真素子識核之上，這是真素子在統一東震大地之後，才明顯感受到的。

這稱為信仰之力，在荒原宇宙之中，有一個世界，就是藉由信仰之力來達成修行的，這屬於眾神之國度，稱之為信仰世界。

這又是創仙誓未來所要介紹的內容了，扮演眾神，從無到有，全憑一己之力以達成信仰任務，這算是起步相當艱難之修真任務與方式，但若已成氣候，則來自於信仰之源源不絕道能，將疾速幫助修行境界之成長，至於感受能如何，當然得自身體驗，仙佛世界稱為極樂之意，就是有著無窮盡的世界，能極盡我們的執心幻想，讓我們在各個不同世界，都能有完全不一樣的體會，這就是千變萬化的夢幻極樂世界。

第三十回

魂之歌

真素宗裡，有一個組織對於真素子之信仰，可說到了無以復加的地步，這組織的領導，將真素子的外型雕刻成了偶像，每天帶著所有的信徒，朝這偶像崇拜，並精心著作詩詞配合編曲歌頌。

這位就是「郝聰」，真素子第一位魂草眷屬，他用了十年的時間，成功地將真素宗的信仰，非常穩固地傳遍整個魂靈之森，其中最為虔誠的，就是魂草與花笑子之部落了，隨著他們日復一日的崇拜與歌頌，並極強力有效地傳播信仰模式，在這東震大地之眾魔世界，漸漸形成了一股風潮，瘋狂製造偶像，組織唱頌團，更成立教會，多數人以傳達真素子信仰為終生職志，大家將他們稱之為「真素宗教眾」。

這算是另一種與原本真素宗相異的特立組織了，是以各地之教會為主，提倡「信仰衍生力量，禱告充滿希望」之人生經營路線，固定時間都會辦理教會團聚，大家一齊歌頌，彼此祝福，共同扶持，互相濟助，這種做法，讓極多數的信眾，開始有了強烈的歸屬感，因而願意奉獻、犧牲，並積極完成教會所鼓勵之任務。

久而久之，教會形成了主教之類的組織階層，信眾們漸漸以主教所說所傳為主，終於形成了另類的主教信仰，原本是以信仰真素子而形成的活動，後面卻演變成對於各主教之教宗信仰了。

這種後來稱之為宗教，信徒在日常中所遇到的各種困難，不管是有形的金錢物資，或者無形的心理層面，都可以來這兒求助，有些信徒得到的解決成效，實在相當顯著，因此在自然人性之傳播下，來到這宗教求助之人，越來越多，衍生了另一階段的執迷與瘋狂。

人生總是有大大小小的障礙與困難，這宗教本意良善，幫助信眾解決問題，但由於人性最喜依賴執求，反而沉溺於他人之幫助，而不願自我改變振起，這種心理，造成了信徒們不思索、不理智，只想要他人指引方向、指明對錯，而失去了自我提升學習與獲得智慧的重要機會，這作為逃避人生學習的盲信與盲從，造就了無數人一生迷濛無知之悲歌。

這是「無魂體之歌」，意外地破壞了造物主創造世界之用心，這本在於艱困環境下，以磨煉靈子心識的真實意義，但這種發展，可不是輕易能除滅的，應該說是一種道的衍生了，所以造物主開始藉由此作為靈子心識的另一種考證，而統稱為

「慧智證考」，在觀察靈子執心表現之時，以能否擺脫世間宗教之迷惑，來作為最基本之修行考證。

這種宗教考證，讓造物主得到了一種篩選靈子的極佳方式，因此在各個世界，開始主動派遣聖使，傳遞並發展這類宗教之信仰，並依種族文化之別，各相應不同之宗教體系，這些聖使，為求迅速達成任務，開始顯現各種不尋常之力量以昭眾信，如此這廣大信徒是來了，但各種迷惑也加深了，這些自然形成各教教主之聖使，也背負著人性執迷之無奈，所以再造各種典籍，讓信徒們學習思索體悟，以防止過度之癡迷，而這樣的發展，比如在我們這世界，在歷盡幾千百年後，就是現實社會中，大家普遍看得到的宗教模樣了。

為了因應即將來到的眾魔天劫，真素子以預想滅世魔王與無道爭鋒雙劫並至來做考量，這優先要做的，就是鞏固每一座主城的安全防護，避免屆時與魔王對抗之際，無法顧及各主城所遭遇的外來勢力。

余知以無雙城機關設計為基礎，並得到其師父的協助，成功創造了能克制百萬軍力的陣法機關，這可運用於每一座主城上，達到縱使無防守軍備，也能安如泰山，由此在東震大地上，真素子挑選了九座主城設置，並規劃天劫一至，國民躲入這些主城的路徑與方式，並實際地進行操作訓練。

這主城之大型防護陣法，余知稱之為「九曲星河陣」，是運用九宮九章之變，集環境之魂能以成道衍，並綜合了五行八卦與奇門之陣，因其變化無端，故稱九曲，又因施行範圍能達甚廣，有若星河，所以稱名如此。

這九曲星河陣，後來成為荒原宇宙中最有名之防護大陣，造物主依其技術，特別用來製造各世界中之遺跡，作為靈子修煉上最艱難之挑戰，也將各種特殊之道器，甚至有達「御真道」之等階聖物，安排於這種遺跡之中。

這種超級遺跡的敘述，將會在創仙誓系列之「唯玄天地造化」中呈現，這同時也說明了，世界之遺跡，本來就是來自造物主刻意地創作，主要目的有二，其一用來激勵鍛煉並考證靈子的實力，其二為裡面所隱藏之特殊道器尋找有緣之人。

這種陣法，其實已達成道化的境界，能為永恆自由運轉，甚至形成自我意識，所以就算同為九曲星河，也可能因時間的遷移，而需要應對不同之破解法，這在余知與其師父研發成功之當下，並沒有確定能由此衍生發展，只是在理論上來說僅大為可能，畢竟未經過徹底試驗，是不能下定論的。

形成了自我意識，讓這九曲星河陣的樣貌，衍生了無窮，若說造物之樂趣，類似這種意外之發展，應該就是其中最為稱道的了，當然也包含了上述宗教這種道化之組織。

再說這天下無道爭鋒，這強者博弈之組織，短短時間內，被這真素子一連挑掉了扶桑教與天魔教，這本來尚未使得其他強者執首，正視這真素子的幻魔國度，但隨著這九曲星河陣的佈置，終於讓這些自大的組織，開始了針對，甚至有些聯合成了同盟，這並沒有包含扶桑與天魔之運作，因為他們若違背立誓，迎來的可是造物之正義天秤。

真素子陣營中，要與個別之無道爭鋒，或許僅差那麼一點點，但若是與聯合的對敵，那可又是不同條件了，更何況，會聯合的，未必僅是一二個組織，所以真素子也急忙地尋求同盟，這最理想的對象，自然是以近在眼前之東震西域「仙門」與有著同門之義的「道門——『九天玄冥』」了。

但是這二門組織，都秉持著不干涉凡塵世間的態度，如何讓他們幫忙出手，這種對於真素子的考驗，可又是另一番了。

第三十一回

十亟鎮魔塔

在世界上，如何容許唯一的強者？這獨強，不就代表只能仰賴此強者之恩惠，從此唯存妥協與遵從，這是不能讓大家感到安心的，只有保持著彼此的互相制衡，才是所有人內心安定的真正力量。

真素子下意識地體認到這點，原本他以為變強，是唯一永恆的安定之道，現在他的強大，反而成了這世界其他強者共同期待消滅的重點，這也是道的一環吧，勢極則反，亢極必變，永遠不可出現之獨強，卻早已在真素子身上形成了。

他的強大，開始令人害怕，藉由天魔與扶桑教主的陳述，越來越多人，體認到這一點，也越來越多的無道爭鋒，焦急地組成了聯合。

去說服道門與仙門的過程，意外地被婉拒了，理由正是天意難違，但他們保證絕不站在對立的一方，或許這樣也足夠了，真素子得靠自己去選擇應對，不能有獨強的存在，是眾人的疑心恐懼，這沒到天下獨尊的那一地步，也無法證明真素子之內心，但要迎接這種挑戰，唯一的方式，當然還是讓自己變得更加更加的強韌。

實力上能再進步的，不考慮時間要素來說，那就是聖物「御真道」之類的輔助了。

這是綜合討論後所得到的唯一方向，但目標卻是在十亟鎮魔塔內，這代表得到聖物之時，也就是滅世魔王降臨的那一刻了，既然滅世魔王早晚要出，不如我們主動放他出來，或許，能避免雙劫齊至的情況，真素子主意打定，即聯合了幻魔之強者，來解除十亟鎮魔塔之封印，並趁機求得這重要的聖物。

「據傳說，封印解除之後，這魔王約有一至三天的甦醒期，這時段，就是取得聖物的時機，超過時間，聖物消失，魔王出世，天下隨之震盪，想要這聖物，那就是得再等上千年了，還有只能由你帶一對進去，因為御真道有必認主的設定，為確保認你為主，只能這樣安排了。」

余知師父一五一十地將這關鍵說明得清清楚楚，深怕真素子沒掌握好時間，則一切前功盡棄。

真素子思量著帶領一個隊伍，依造化系統之組隊限制，最多只能七人，他與秘書來說，已算是二人，加上趙小青，還缺四位，依照余知師父的建議加上余知、鬥魔、噬鬼，而因為她的能力與余知差不多，所以最後一位他推薦吳缺，他的邪師職業，對於這需要抓緊時間的挑戰，將會是最佳的超強輔助與配合。

天雷閃動，不分日夜，這是十亟鎮魔塔千年來皆一致的景象，位於魂靈之森正中央，周圍數十丈方地，草木不生，魔物不侵，亡魂不至，僅有中央這座古老的石塔矗立，這塔總計九層，外界封印也是九層，聖物就是置放於第九層之內，用來布置運轉這外界封印與塔內運作的。

「這外九層封印得照順序解除，步驟錯了，就得重來，不然就得等它自行解除，依照我們的推算，這至少還有一年多左右的時間，估計外面那些無道爭鋒們也是這麼想的。基本上全世界九洲，都有同樣的封印存在，只是解除時間點不同，但建構上不會差太多，想嘗試解除這些封印的，我們應該是第一個，哈哈！」

這是余知師父的推論，說明了解除這造化封印的困難度，可是極高的挑戰，但對於這對癡迷於機關布陣的師徒來說，大夥都看得出來，他們的雙眼，可是從決定那一刻起，就都放著光呢。

這種所謂的封印，在世界上是經常見到的，甚至有些技能，也能製造各式不同作用的封印，比如真素子的「虛空獄與大間壁」，就是一種隔離空間的封印，但這些都僅是一層至二層組合成的封印，像這邊是九層的，就只有這種鎮魔塔才有了。

一般三四層內所組合成之封印，可以用超過結界能力之強能加以摧毀，而五層以上的封印，就非得尋出運轉中心不可，然後依照其既定之疊加順序，一層一層剝離，所以這時，大家僅能讓余知他倆作業了，其餘人等，全幫不上忙。

這鎮魔塔之封印，第一層就是將此石塔隔絕於外，讓外界無法進入去接觸石塔，第二層是各種意外情況進入者，會被這層的傳送法陣，傳到邊遠的地方去，這算是善意的驅離了。

若有各種手段能不被驅離，則進入第三層封印，這會直接噬奪靈能，一但靈能耗盡，這人也就死了，基本上屍骨無存，全部化作魔素動能，這第三層，其實就是用來滋養滅世魔王的，透過千年培養一隻魔王，然後製造天劫，用來做考證，這可是明明白白的造物安排。

到了第四層，就是強烈的刀兵殺伐，會有無數的刀劍弓刃，從各種奇特的位置疾射過來，這一關若是武藝不足的，也是得要慘死兵刃之下，再來第五層封印，則是天地水火之四象殺陣，若第四層屬人為兵器，第五層就是自然的殺戮，這層魔抗不高，是別想過關的。

再說這第六層，則全是無形鬼物，專攝心魄，各種擾識迷魂之音，接連不斷，若前番五陣已讓你精疲力盡，那這一關也能保證送你歸西，畢竟在精神耗弱下，很難抵擋這種折磨，更何況這無形鬼物都不僅僅是擺設。

第七層，真正到了鎮魔塔這封印的重點了，十位守將，各個等階五百級，單看這實力就很嚇人了，就連如何消滅它們，也得照順序來，沒照順序的話，你辛苦殺死的這一隻，會在不到一分鐘的時間內滿血復活，這可不是讓你意外而已，而是會令你大為煩躁與絕望。

驚險過了第七層，在第八層中，遇到的是大量出現的各種魔物，這些魔物種類繁多，一致的是，都是整群出現，等階也不低，平均至少三百級以上，這只能破壞封印陣中之命源傳送，否則這些不知打哪來的超強魔物，一定能把你累死。

最後是第九層了，只出現一位強者坐鎮，型態挺像幻魔，不能突破，所以不知深淺，目前能了解的大概就只能這樣。

以上是余知與其師父運用意識侵入這封印後，所做的調查報告，這意識侵入之法，可是這師徒倆的獨門功夫，藉此可以大致了解除印破陣的方向。

「這樣的話，破除這封印可有把握？」

「除了第九層那一位外，其餘都沒有問題，但這封印就得從第九層破除後，其餘才會真正解決，若只破除前八層封印，可以說都是白做工的，因為會很快速恢復各層封印，所以我們得一次就破到第九層封印才行。」

真素子心想，沒有不試試的道理，能否真正破除這鎮魔塔的九道封印，就等實際試驗後再說了，接下來真素子就與幻魔最強十王與十三天將魔星出動，一起進入破除封印了。

進入第一、二層不難，第三層的噬靈法陣，藉由瞬間釋放過量魔素，就能暫時解開障壁造成通路，所以也輕鬆地過關了。

第四層與第五層，對於幻魔這些強者來說，算是小菜一碟而已，在第六層，真素子施展幻魔之「聖業領域」，將無形與鬼唱阻隔於外，眾人不受影響地進入下一層。

第七層那十位守將，在無法事先分辨優先順序的情況下，只好先一個一個嘗試，直到趙小青發現影子的差異，終於知道真正的討伐順序，原來這十位如同一位，除了有影子的是真正實體外，其餘皆是虛影，在眾人將這正主除滅後，其餘九道虛影，也就跟著消失了，這種設計相當巧妙，要不是趙小青已達道之隱梧，本來就有著善於隱遁影子的能力，所以能夠察覺其中的異同，若是靠在場其他人，是絕對難以發現的。

第八層，對付大群魔物，自然用得到忘川河，真素子與吳缺這兩道冥河，就足以抑制出現的魔物數量，所以這關是過得輕鬆了。

到第九層了，真素子對這幻魔，有著異樣的熟悉感，或許是與他現在有著相同外型的緣故，直覺上認為，這位應該也能分身，遂請大家先讓他著手試試。

真素子隨即發動技能，分身出擊，果然不出所料，對方技能與真素子一致，同樣能分身出擊，而且實力上，幾乎與真素子不相上下，甚至占了些上風，在連番嘗試對擊過後，不管真素子用哪一種招式或技能，他都能如實重現，所以真素子設想了一種可能性，這魔物如同鏡照，只是真實地反應他的狀況而已，而能夠略佔上風，自然是因為加強反射之術法效果了。

因此真素子收回分身，直接換回人畜無害之曲其原形，與這魔物相對，果不其然，這魔物也化作了曲其，呆呆地在那，任人宰割了。就這樣，破了第九層封印。

事後大家研究起來，為何第九層呈現的是真素子的幻魔法身而不是其他人，討論過後大家的共同答案，自然是因為真素子已是這世界之實際最強，而且在每個人心中的認知，都是相同，所以才呈現在最後這層「鏡象溯源」法術中的。

第三十二回

滅禍雙劫

在鎮魔塔之封印徹底破除之後，天象突發起異變，漫漫整片，烏雲侵襲，讓東震大地，瞬間盡成了昏暗。

雷霆閃電霹靂，陣陣不斷。

裂天狂嘯龍吼，聲聲震撼。

這有如上天之震怒，不斷地震懾每個人的內心。

「這魔王還沒造好，我們就把它放出來，也難怪人家不高興了。」這邪師吳缺，一臉無奈地說道。

「嗯，若說是我，應該也是不爽的。」

「這樣來說，我們是輕浮了，沒考慮到人家的心情。」

「但說不定這樣的魔王，比較好打啊。」

「那個……我來說一句，這魔王發育沒有完全，是不能幸福的。」

「晨星呦，我的小姑娘，這魔王是要來滅世的，可不是來世上找幸福的。」

「康龍大俠，麻煩幫晨星找個對象好了，不然她那小腦袋都只裝那個。」

「等魔王滅了再說了，這動靜那麼大，難保真祖說的那些無道爭鋒，是不是會來湊熱鬧。」

「以我李樵的推測，這是必然的，要做大事，自然得找好時機啊，魔王搗蛋時，正好一起向我們動手。」

「兵來將擋，水來土掩，俺侯健，是不會讓他們得逞的。」

「俺喬頭也是這性子。」

「美人啊，真素宗那邊，是不是也打理好了？」

「有郝聰與宜娘照顧著呢，我們不用過於擔心的。」

「嗯，聽說他們最近辦的祈禱會，參與的情況都很熱烈，人數都爆滿。」

「是啊，這可是信仰的力量，也是我們重要的支柱之一。」

「秘書小姐，好久沒聽到你的聲音了，我們都好懷念喔！」

「喔、嗯……這……我現在不叫秘書小姐，請叫我先生。」

「啊，秘書小姐轉性了嗎？」

「不、不是的，是我本來就應該是男的，只是、只是……之前弄錯了，總之就這樣，別再問了。」

「但是、但是……你的聲音還是姑娘聲啊。」

「這……我也不願意啊。」

真素子久違地開放眷屬間的靈識傳音，為的就是將現狀與注意事項做一次性的交代，緊接著自然就是進入鎮魔塔中，來取得這聖物御真道了。

這塔中九層的佈置，只能說是有些隨興了，估計這並不是造物的設計，而是這御真道自行衍生的玩意，畢竟能通過前面這些封印，已是不算可能，而且九道封印一開，這九層塔也會跟著墜落，實在不必用心布置機關的。

真素子領著幻魔最強，一路衝上了最高層，見到這所謂的聖物，竟然是一隻小小的曲其魔物，這讓所有人大吃一驚外，也開始懷疑起，這造物的性子是否帶著強烈的惡趣味在呢？

天下無道爭鋒，現今為五門八教與一宗，真素子收到確定消息，其中一門四教聯合，在近日內將拜訪東震大地，準備送禮來了，這份充滿惡意的大禮，真素子是否接得下呢？

魔王將出，這號稱用來滅世的超級魔物，到底強到什麼樣的境界，會是只能等待它對於東震破壞殆盡，方能期待休止，而絕對無法事先撼動的嗎？

九曲星河陣，在這雙劫並至的環境下，能否真正產生作用，而達到保國護民呢？

這曲其形態之聖物，是如何產生，又當如何協助真素子渡過這重重危機呢？真素宗，已既成這世間第一大宗教，這樣的發展，會帶給真素子這幻魔國度，什麼樣的意外呢？

創仙誓——真萬物靈繫第一話「真祖」，到此告一段落，真心感謝各位讀者閱覽，接下來第二話「不敗」將描述幻魔國度與天下之爭鋒，以及何為天下無敵之模樣，敬請各位讀者期待。

在仙佛的世界中，這靈繫世界是非常有趣的修煉方域，是十八天外之仙佛選擇入世修煉的熱門首選之一，若您理解這仙佛世界的多番樣貌與無窮宇宙，應該會充滿著嚮往與期待，只要您體會創仙誓諸系列所談論之修行理道，並持信而奉行，那麼來日往生仙佛世界，就絕不只是夢想，而是真實能達成的目標了。

番敘外事第一篇

姥姥的回憶

記得我年輕時，也像她一樣漂亮，在這些醜惡的族人裡，我是人人稱羨追捧的那朵迷人之花。

直到我遇上了真祖，接受了他的契約，將我取名為姥姥之後，沒想到，因為這種族的進化，我變成了比族人更加兇惡的模樣，雖然實力上強大了許多，但是讓我自傲的美貌，從此也就回不來了。

這種自卑與悔恨，可是不斷折磨著我的，尤其每次見到了她時，都會讓我非常莫名地忌妒起來，這情緒累積久了，竟然越發不順眼，終於有一天，我忍不住將她驅離了，這是因為我害怕，害怕有一天我會想親手毀了她，所以我告訴自己，這樣做絕對是最好的選擇，只是從此她要恨我了，唉，我的親女兒啊！

真希望有一天，我能讓她知道，別輕易讓真祖定契約啊，否則，是會毀了妳一生的，就如妳的母親人稱「孤荒姥姥」一樣。

跟森蟒那一族的較勁，也是很長久了，在這方面，我算是幫族裡爭回了這口氣，自從我進化後，雖然長相變得不堪，但實力卻是值得稱道，身外佈滿的倒鉤鐵甲，與堅實銳利的雙爪，並一口橫豎參差的無比尖牙，讓我縱橫著鬼沼，仰目四望，無人可以匹敵。

哈！那些森蟒脆弱的身體，哪能經起我一咬呢？就算用盡氣力捆住我的身子，也只是讓我身上的倒刺，戳他個滿身模糊血肉而已，要說用到我的雙爪，那也就是這森蟒的死期了。

只是萬萬沒想到，這天的那隻肉球，竟然就是我要命的冤家，在我從來沒想過的地方，荼毒了我的要害，鎖住了我的心房，讓我無力抵抗，只能無奈絕望地選擇順從，唉，那可是第一次啊，就這麼殘忍地把我奪去了。

番敘外事第二篇

五四三戰隊的心路

真祖要我們自行組隊去修煉，我們三個河童，到底能找誰呢？

老五、孫四你們幫忙想想，戰隊需要前鋒，這老五皮最厚了可以適任，孫四眼睛最是靈活，就來當探偵，我的心比較狠，可以當速殺，這樣缺的就是輔助與後衛了。

還有，應該叫什麼戰隊，也得取個亮眼的名字，這樣出名時，人家才記得住我們。

介紹一下，這兩位是魂蟒姊妹曲三、曲四，另外是鼠人兄弟龍三、龍五，姊妹倆都擅長輔助技能，這兄弟一個可以是前鋒，另一個適合後衛。

既然人數齊了，名字都有數字，那就叫「五四三戰隊」好了，這名字把大家都納進去了，很適合，也很好聽。

首次到了無鋒城，我們掛名領了木牌子，終於可以到遺跡訓練一番了，雖然等級很低，被人嘲笑，但我們不介意，因為我們知道，只要堅持，一定能夠變強，那怕需要時間等待。

所以我們選擇了不休息，只要還有體力，就是在遺跡修煉，就為了證明自己，讓那些無知的人閉嘴，終於，五四三戰隊，升階上了銀牌，我們僅僅用了一個月的時間，在掛上銀牌那一剎那，我見到了，很多人欣羨的眼光。

番敘外事第三篇

日興城搭救眷屬

經過余知不厭其煩地勸說，真素子擬定了這回救援眷屬的必要態度，就是心狠手辣，絕不軟。

「真祖，你一定要先來個下馬威，然後殺雞儆猴，逼那個能主張的出來面對，那就能完完整整把我們的家人救出來。」

「如果你稍微服軟，他們就一定會想趁火打劫，到時會惹出多餘的麻煩。」

「所以，就是心要狠就對了，這可是您的致命缺點，請您一定要注意，還有小青，這趟麻煩妳了。」

「呵呵，這余知還真是囉嗦，嚇嚇對方也就是了，畢竟對方是五門十教之一，勢力不可能只有我們這東震大地。」

「主人啊，小青認為，余先生說的很有道理，不如，就放任屬下自行決定行動好嗎？」

「由妳出手，當然好啊，這方面我可以放心交給妳的。」

「這已經悶雷陣陣，烏雲驚佈的，看來我們弄出這樣的聲勢來，對方並不買帳啊。」

「那只好提醒他們了，要他們出來迎接我們吧，我順便倒個數。」

「出來了，不過是想動手，這肥豬說的話我真不愛聽，主人，我動手囉！」

「去吧，俐落些，其他的讓我來。」

「我再做一次提醒。」

「手上這黑雷我得丟了，呵呵，生氣了。」

「讓小青給他看看真本事。」

「慫了。」

「還想騙我們，你看出來了，這縮頭烏龜。」

依照余知建議，果然兩三下完成。

「屬下……屬下真沒想到主人這麼霸氣。」

「那是（陶醉）。」

番敘外事第四篇

瘋狂三友

對於鬥殺，專精於技能研究，世上不出第二位，這是魂執七衍罪之執傲，號稱鬥魔。

對於運籌，醉心於機關佈陣，世上排名第二位，這是九天玄冥道之執事，稱名余知。

對於顛覆，沉迷於偽裝細作，世上自稱第二位，這是顛魔無間獄之執官，自號噬鬼。

鬥魔、余知與噬鬼這三位義結金蘭，世上人稱「瘋狂三友」。

這來自不同出身，竟能氣味相投，總之是來自於瘋狂這二字，這可是他們三位的共同特徵，對於外界如何，根本不是他們的興趣，他們只在意自己的研究結果會是如何，能達到什麼樣的境界。

所以在千年前，三人在東震大地南域建立了詭譎顫慄的無雙城，做了各種不算正常的試驗，終於引起了世界公憤，被各大組織下令追殺，甚至仙門也看不下去，出手協助追捕。

最後余知與鬥魔都被抓了，因為兩人都已修煉至藉身不死，所以鬥魔被黃金棺封印，且將他關押在洞窟遺跡內之十八層，而對付余知，他們用了銀煉棺封印，也把他羈押在亡靈地下城之第五層，至於噬鬼，以其精湛能力偽裝，躲到戰鬼國度，逃過了這一劫。

就這樣時間過去，人們漸漸淡忘了他們，也輾轉過了千年。

直到真素子打入洞窟第十八層，這鬥魔雖然是上了真素子的當，不過心底的確是感激他的，至於余知，他說早料到了，千年之後，真素子會來解救他，而噬鬼，對於真素子不算清楚，但在兩位好兄弟的推薦下，還有什麼好懷疑的呢？

前番大家認為他們三位作惡多端，現在做的反多是經世利民的了，這是闢了千年有了長進，還是因為真素子，令他們脫胎換骨了呢？

番敘外事第五篇

秘書的苦衷

身為前華梵皇城近侍右使李雄，統領數萬兵馬，這竟是我的前世，在真素子喝下那杯香茶之後，我可一切都明白了，原來俺是個純爺們，但是……我這改不掉的小娘子口音，到底該怎麼辦啊！

話說俺不是比那胡道元——皇城鐵衛左使，職位高個一級嗎？怎不是他來當這秘書姑娘？

想起之前俺老說本姑娘長本姑娘短的，都讓我開始真正自閉起來了。

「現在好難得聽到那可愛的秘書說話啊。」

「是啊，我好懷念喔。」

「會不會是年紀大了，較穩重些了？」

「真祖也沒多大歲數啊，秘書能有多大？而且她一個小姑娘家，你可別口無遮攔，小心她修理你。」

「只是以前都是她在發號施令，現在聽不到，有些不適應。」

「現在啊，都是真祖直接開口了，或許秘書姑娘已經隱身幕後了。」

「你看我們大家討論許久，也沒聽她出來說說話。」

「嗯……這個，晨星想說，會不會是秘書小姐有心上人了，正鬧彆扭呢？」

「或許喔，這次晨星說不定說到了重點。」

「是喔，依我觀察，這種可能性的確最大。」

「唉，不知她是看上誰了呢？我們大家是不是該幫幫啊？」

「這還用說，自然是要幫的。」

「只是秘書小姐，一直都沒反應呢。」

你們說，我應該有什麼反應呢？

番敘外事第六篇

真素子道言錄

靈繫世界初始宗教——真素宗，在魂草「郝聰」與花笑子「宜娘」的帶領下，已快速地流傳到東震大地的每一個角落。

除了在各地大量興建教會，積極組織信眾外，因應每期的信徒聚會，能夠更加凝聚人心，並對信徒的人生智慧有所啟發，郝聰與宜娘特地將真素子平時的言語，選擇其中讓人感覺充滿智慧的，精簡成一句句的格言，並總集成一本能讓信徒作為日常持誦之經典。

這本成為了真素宗信徒，人人手上必持有的聖典，郝聰將這本聖典，很慎重地稱之為「真素子道言錄」。

這是透過各位眷屬記憶中的訊息，大量彙整而完成的，總計一百條，條條直指人心，都能啟發深省，經由郝聰與宜娘的宣教，多數信眾，已不自覺地將真素子視為了上人。

從此，信眾們期待見到真素子的那一刻，能目睹真容，簡直是此生莫大的幸福，更期待他的加持，必定能令他們從此一生如意生活美滿，所以家家開始恭奉了真素子的形象，從手繪、木刻、銅鑄或用寶石精雕的都有。

隨著這樣信仰之力的發展，真素子本身也察覺到這股力量，帶給他的強大，他所能回饋這些廣大信眾的，應該就是好好守護這個幻魔國度吧。

信仰的基礎，在強大而不可逾越的力量，這種力量，可以創造，也能無中生有，就像真素宗一樣，他們所謂的神蹟，可都來自於信徒自己的認知與想像。

這是一種感受，行為順序對了，讓人心存感激之時，就能激發人們無限的想像力，一旦順序錯誤，再好的道理與作為，都會淪為笑柄。

比如這個真素子的切身體驗：「恩威並重，這道理差一些，必先有威，方能談恩，若先施恩再用威，只會引發絕對的不滿。但若是條件不足，講這些就是笑話。」

這是真素子治理心得第一條。

番敘外事第七篇

余知與他師父的關係

是師父也是愛人，他們就是這樣的關係。

在九華山見到他的那一刻，我就知道，他就是我的執心障礙了，加上我倆興趣相投，朝夕相處之下，情愫更增，怎可能不再進一步的呢？但是修煉未成，可不能談這些兒女之私，因此我命他下山去修煉，這樣至少可以冷卻一下我炙熱的心情。

沒想到，他這一去，竟隔上了千年，我是知道他被關了，而且在一個我完全不知道的地方，唉……他遇到這危機之時，可是連消息也沒給我，不然，我也可以去救他的，不然……陪他也好，難道他就這麼怕拖累我？

唉，他就是這樣，在門主派我去協助他時，我就心想，時機應該是適當了，這回可不能再藏著了。

我那美麗又善良的師父，打從第一眼看到她，就已經住到我心房裡了，沒想到這天底下，有這麼跟我這志趣，是一模一樣的，這是老天爺賜給我的尊貴禮物吧！

師父要我下山歷練時，我看出來了她的用心，所以，我可不能令她失望啊，在結識了鬥魔與噬鬼之後，我們共同建立的無雙城，也有了一些成就，本來要跟師父分享這喜悅，沒想到因鬥魔他老大的設計，連個訊息未捎，就被那銀煉棺給封印了。

期間我試了各種方法，這銀煉棺果真不凡，我到底是突破不了這封印的，只好換另一種方式來應對了，經由道門所傳之法，我精確地預測了一下自己的未來。

嗯，是需要千年之期，遇上的第一人，就是我的解救者，這樣我這千年能幹什麼呢？把無雙城的機關，再想想能不能進一步好了。

番敘外事第八篇

世界九洲

乾亟、行坎、艮新、東震、巽夷、貞離、坤無、冥兌與中原，這九處大地，合為靈繫世界九大洲，皆是各自獨立的疆域，彼此間相隔群山大海，距離非常遙遠，在交通上可說至為不易。

以中原大地當處世界中心來看，其餘八大洲，依其所處，各位於後天八卦之方位，形成了這太極圓圖之八卦陣列。

這可說是造物主特別之安排，由此亦可知，中原大地在環境上，必然是魔素道能最容易聚集之處，也因此，中原大地這區域之眾魔實力，可稱世界第一。

雖然如此，但從未能出現如東震大地般實質性的大一統，這自然是各個國度皆強悍，誰也不能服誰的緣故，還有最重要的，天下無道爭鋒的所有成員，皆在這塊中原大地，有著實質性的組織基地，當然除了真素子這幻魔國度之外。

或許應該說，無道爭鋒的成員，反而是將這中原大地的基業，視為更重要的組織資產，只要這邊的氣息脈絡永存，那就代表還有東山再起的一天，這比如天魔與扶桑二教皆是。

真素子有無能力也插足於此，自然是得靠他未來的實力表現了，這可是天下爭鋒上真正的實力考驗。

學易門文化事業

出版推薦

「學易門文化事業」是致力於易經體系之教學與研究，並追尋宇宙真相之文化出版公司。

二十年來在不斷地堅持之下，於二〇二三年八月十四日成立了出版部門，並陸續將多年研究所得彙集成書，內容主要分為三大類：

「一者論修行，一者談知命，一者申濟世。」皆以易經所論述之至道，來作為呈現。

又以這三品類與易之道入門之方徑而論，尋求宇宙乃至人間真相，實為再進一步之基石，故於二〇二三年起積極著手於宇宙真相之描寫，而於二〇二四年正式出版創仙誓系列。

今已呈現於大眾並於未來預定之出版書籍，主分三個項目：

第一、宇宙真相——創仙誓系列

已出版：

- 玄明聖使傳第一話——荒原宇宙。
- 玄清降魔鎮聆第一話——冰雪天地。

・真萬物靈繫第一話——真祖。

預計出版：

・玄明聖使傳第二話——荒城聖域。

・萬界神魔錄第一話——蟲洞。

・聖帝瑤光傳第一話——擬界十九。

・唯玄天地造化第一話——天地乾坤。

・探朝西方觀聖佛第一話——劍與道。

・幻明振武仙魔傳第一話——貞魔傳說。

・明玄萬神眾第一話——造神。

第二、易經學術研究——易經與五術系列

已出版：

・九天玄女嫡傳五術正宗。

・易道乾坤八法。

預計出版：

・六爻迷錯與蹈誤。
・文王卦辭明德證要。
・易經全繫辭象義微言心得註釋。
・易道乾坤八法神機索隱。
・易行八門。

第三、修行指真——迷相指明系列

預計出版：

・靈修與化生實相。
・末法時代仙佛指明大正申義。
・陰陽紀實。

國家圖書館出版品預行編目(CIP)資料

創仙誓 真萬物靈繫. 1, 真祖 / 履咸引路大過述言著. -- 初版. -- 高雄市 : 學易門文化事業股份有限公司, 2024.07
面 ; 公分
ISBN 978-626-97774-3-3(平裝)

863.57 113008497

創仙誓　真萬物靈繫

❶ 真祖

作　　者：履咸引路大過述言
發 行 人：蘇欲同
出 版 者：學易門文化事業股份有限公司
地　　址：高雄市鳳山區過埤里田中央路 77 號
電　　話：(07) 796-1020
美術設計：蘇尹晨
美術編輯：學易門文化事業股份有限公司
素材來源：Freepik.com
2024 年 7 月　初版

定價 540 元　ISBN 978-626-97774-3-3